Le m

MW01226663

Pubblicato: 1907
Categoria(e): Narrativa, Fantascienza, Viaggi nel tempo

Riguardo a Salgari:
Emilio Salgàri è stato uno scrittore italiano di romanzi d'avventura molto popolari. Autore straordinariamente prolifico, è ricordato soprattutto per essere il "padre" di Sandokan, del ciclo dei pirati della Malesia e I corsari delle Antille. Scrisse anche diverse storie fantastiche, come "Le meraviglie del Duemila" in cui prefigura la società attuale a distanza di un secolo, ed è considerato uno dei precursori della fantascienza in Italia. Molte sue opere hanno avuto trasposizioni cinematografiche e televisive.

I - Il fiore della risurrezione

Il piccolo battello a vapore che fa il servizio postale una volta alla settimana, fra Nuova York, la più popolosa città degli Stati Uniti d'America settentrionale e la piccola borgata dell'isola Nantucket, quella mattina era entrato nel piccolo porto con un solo passeggero.

Accadeva spesso, durante l'autunno, terminata la stagione balneare, che rarissime persone approdassero a quell'isola, abitata solo da qualche migliaio di famiglie di pescatori che non s'occupavano d'altro che d'affondare le loro reti nei flutti dell'Atlantico.

— Signor Brandok — aveva gridato il pilota, quando il battello a vapore s'era ormeggiato al ponte di legno — siamo giunti.

Il passeggero, che durante la traversata era rimasto sempre seduto a prora senza scambiare una parola con nessuno, s'era alzato con una certa aria annoiata, che non era sfuggita nè al pilota, nè ai quattro marinai.

— I divertimenti di Nuova York non lo hanno guarito dal suo *spleen* — mormorò il timoniere del piccolo battello, volgendosi verso i suoi uomini. — Eppure, che cosa manca a lui? Bello, giovane e ricco... se fossi io al suo posto!...

Il passeggero era difatti un bel giovane, tra i venticinque e i ventott'anni, di statura alta come sono ordinariamente tutti gli americani, questi fratelli gemelli degli inglesi, coi lineamenti regolarissimi, gli occhi azzurri ed i capelli biondi.

Aveva invece negli sguardi un non so che di triste e di vago che colpiva coloro che lo avvicinavano, e nelle sue mosse qualcosa di pesante e di stanco, che contrastava vivamente col suo aspetto robusto e florido.

Si sarebbe sospettato che un male misterioso minasse la sua gioventù e la sua salute, nonostante la bella tinta rosea della sua pelle, quella tinta che indica la ricchezza e la bontà del sangue delle forti razze anglosassoni.

Come abbiamo detto, udita la voce del pilota, il signor Brandok s'era alzato quasi a fatica, come se si risvegliasse in quel momento da un lungo sonno. Sbadigliò due o tre volte, gettò uno sguardo assonnato sulla riva, toccò appena la tesa del suo cappello per rispondere al saluto rispettoso dei marinai e scese lentamente sul pontile di legno.

Invece di dirigersi verso la borgata, le cui casette s'allineavano a duecento passi dal porticciolo, si mise a camminare lungo la spiaggia, colle mani affondate nelle tasche dei pantaloni e gli occhi semichiusi, come fosse in preda ad una specie di sonnambulismo.

Giunto all'estremità della borgata si fermò e aprì gli occhi, fissandoli su un gruppo di monelli scalzi ad onta dell'aria frizzante, che si rincorrevano lungo le dune ridendo e schiamazzando.

— Ecco degli esseri felici — mormorò con un tono d'invidia. — Essi almeno non sanno che cosa sia lo *spleen*.

Stette qualche istante immobile, poi scosse il capo, mandò un lungo sospiro e riprese la passeggiata, per fermarsi alcuni minuti dopo dinanzi a una bella casetta a due piani, tutta bianca, colle persiane verniciate e un giardinetto chiuso da una cancellata in legno.

— Che cosa farà il dottore? — mormorò, guardando le finestre. — Starà tormentando qualche cavia o qualche povero coniglio. Il segreto di poter rivivere dopo cent'anni, bell'idea! Io credo che quel buon Toby perda inutilmente il suo tempo. Eppure egli è molto più, felice di me.

Tornò a sospirare, attraversò lentamente il giardinetto il cui cancello era aperto e salì la scala, senza quasi rispondere al saluto di una grassa e rubiconda fantesca

4

che gli aveva gridato dalla cucina: — Buon giorno, signor Brandok; il mio padrone è nel suo studio.

Il giovine era già al secondo piano. Aprì una porta ed entrò in una stanza piuttosto vasta e bene illuminata da due ampie finestre, tutta circondata da scaffali di noce pieni di un numero infinito di storte e di bottiglie variopinte.

Nel mezzo, curvo su una tavola, vi era un uomo sui cinquantacinque anni, di forme quasi erculee, con una lunga barba un po' brizzolata e tutto intento ad osservare un coniglio che pareva, a prima vista, o morto o addormentato.

Udendo aprirsi la porta si levò gli occhiali e si voltò con una certa vivacità, esclamando con voce giuliva: — Ah! sei tornato, amico James? Ti sei stancato presto di Nuova York e mi pare che tu non abbia un'aria molto soddisfatta.

Il giovine si lasciò cadere sopra una sedia che si trovava presso la tavola e rispose con un mesto sorriso.

— Dunque? — chiese l'uomo attempato, dopo un breve silenzio.

— Sono più annoiato di prima ed è un miracolo che sia qui — rispose Brandok.

— Perchè?

— Avevo già deciso di fare un bel salto dal faro della Libertà e di sfracellarmi sul molo.

— Una brutta sciocchezza, mio caro James. A ventisei anni, con un milione di dollari...

— E cento milioni di noia che mi fa sbadigliare da mattina a sera — disse il giovine, interrompendolo. — La vita diventa ogni giorno più insopportabile e finirò per sopprimermi.

Un viaggio all'altro mondo non mi dispiacerebbe. Forse là m'annoierò meno.

— Viaggia in questo mondo, amico.

— Dove vuoi che vada, Toby? — disse Brandok. — Ho visitato l'Australia, l'Asia, l'Africa, l'Europa e mezza America. Che cosa vuoi che vada a vedere?

Il dottore s'era messo a passeggiare per la stanza, con le mani dietro al dorso, la testa bassa, come se un profondo pensiero lo preoccupasse. Ad un tratto si fermò dinanzi al coniglio, dicendo: — James, ti piacerebbe vedere come camminerà il mondo fra cent'anni?

Il giovane Brandok aveva alzato la testa che teneva inclinata su una spalla, interrogando il dottore collo sguardo.

— Sì, — riprese Toby — io voglio vedere che cosa sarà l'America fra venti lustri. Chissà quali meraviglie avranno inventato allora gli uomini. Macchine straordinarie, navi colossali, palloni dirigibili e mille altre cose strabilianti. Ormai il genio umano non ha più freno e gl'inventori nascono come i funghi.

— Hai trovato finalmente il modo di prolungar la vita? — chiese Brandok, con tono leggermente ironico.

— Di fermarla, invece.

— Ah!

— Ne vuoi una prova?

— Possibile che tu abbia fatta una simile scoperta? — esclamò Brandok, con stupore. — So che tu da molti anni ti dedichi a certi esperimenti.

— E sono pienamente riusciti — disse il dottore. — Vedi questo coniglio?

— È morto?

— No, dorme da quattordici anni.

— È impossibile.

— Fra poco te lo farò risuscitare con una semplice puntura e un bagno tiepido.

— Quale filtro misterioso hai scoperto? Non ti prendi gioco di me, Toby?

— A quale scopo? Chiudiamo le porte perchè nessuno ci oda o ci veda, e tu assisterai ad una risurrezione meravigliosa.

Fece girare le chiavi, chiuse un po' le finestre, accostò una sedia al tavolino e dopo aver offerto al suo giovine amico un sigaro, disse: — Ascoltami ora; poi verrà l'esperimento.

Toby, dopo essere stato alcuni momenti silenzioso, raccolto in se stesso, s'era alzato per prendere da uno degli scaffali un vaso di vetro contenente una piccola pianta disseccata, che pareva unica nel suo genere.

— Ne hai mai veduta una simile, amico James?

Il giovine Brandok guardò il dottore con una certa sorpresa, dicendo: — Vorrei sapere che cosa c'entra questa pianticella coi conigli che dormono da tanti anni.

Immagino che non avrai l'intenzione di aumentare le mie noie.

— Niente affatto — riprese Toby, imperturbabilmente. — Tu dunque non conosci questo fiore, quantunque tu abbia assai viaggiato?

— Sai bene che io di botanica non me ne sono mai occupato.

— Allora non hai mai udito parlare del fiore della risurrezione?

— No, mai — disse il giovine.

— Ascoltami dunque: la storia è interessante e non t'annoierà. Cinquant'anni or sono, un mio collega, il dottor Dek, viaggiava nell'Alto Egitto collo scopo di trovare un'antica miniera di metalli in cui lavoravano un tempo dei sudditi dei Faraoni. Un giorno incontrò un arabo infermo ed il dottore lo curò amorosamente, salvandogli la vita. Il figlio del deserto era povero, eppure volle ricompensare il suo salvatore, dandogli un tesoro che da solo valeva tutte le pietre preziose del mondo.

7

— In che cosa consisteva? — chiese Brandok, che cominciava ad interessarsi vivamente a quel racconto che assomigliava ad uno di quelli delle *Mille ed una Notte*.

— In una piccola pianta disseccata, che dall'arabo era stata scoperta in una antichissima tomba, nel seno di una sacerdotessa egiziana che per bellezza non aveva avuto uguali. Il dottor Dek, ascoltando i pomposi elogi fatti a quel piccolo fiore, sepolto chissà quanti secoli prima dell'era cristiana e che portava dei bottoncini arsi dal sole ed ingialliti, non aveva potuto trattenersi dal sorridere.

— Ed io avrei fatto altrettanto — disse Brandok.

— Ed avresti avuto torto, — disse Toby — poichè l'arabo prese la pianta, la bagnò con alcune gocce d'acqua e sotto gli sguardi del dottore si compì un prodigio meraviglioso. La pianta, appena sentì inumidirsi, cominciò a fremere, poi ad agitarsi, i suoi tessuti si raddrizzarono e i suoi bottoni si gonfiarono, poi si schiusero. Il fiore a poco a poco sbocciava, dopo venti secoli e più di sonno, svolgendo i suoi leggeri petali, i quali si distendevano come raggi superbi intorno ad un punto centrale, pieni di eleganza e di freschezza.

— Strano fenomeno! — esclamò Brandok, che pareva avesse dimenticato il suo *spleen*.

— Quel fiore, — proseguì il dottore — assomigliava ad una margherita raccolta in qualche giardino incantato. Quella risurrezione misteriosa durò parecchi minuti, poi il fiore a poco a poco rovesciò la sua corolla dalle tinte iridescenti, scoprendo in mezzo ai petali alcuni granelli antichissimi. Ahimè! La preziosa semente che il fiore della risurrezione custodiva con tanta gelosa cura, da tanti secoli era irrimediabilmente sterile. A quale suolo affidare quei granelli? Quale sole avrebbe potuto tenerli in vita? Sorpreso e ammirato, il dottore portò seco la meravigliosa pianta e rinnovò in Europa centinaia di volte l'esperimento del vecchio arabo, e sempre il piccolo fiore del deserto, la pianta misteriosa degli antichi Faraoni, risuscitò nella sua immortale bellezza mercè alcune gocce d'acqua. Morendo, il dottor Dek regalò il fiore della risurrezione al discepolo ed amico suo James, il quale ripetè anch'egli, con eguale successo, la prodigiosa esperienza.

Infine il fiore della pianta egiziana venne offerto ad Alessandro Humboldt ed il grande naturalista lo risuscitò più volte davanti ai suoi dotti colleghi. Fra le sue mani la pianta misteriosa non fece che rinascere e morire, senza che egli potesse penetrarne i segreti; ad ogni operazione ripeteva colla tristezza del genio impotente: "Nulla c'è in natura che somigli a questa pianta!"

— E nessuno ha mai potuto penetrare il mistero di quella pianta che tolta dal sepolcro, dopo migliaia di anni risuscitava grazie ad una goccia d'acqua e riapriva la sua corolla eternamente bella, come per dire al mondo: "Ecco come ero al tempo dei Faraoni"? — chiese Brandok.

— Sì, uno solo: io! — disse Toby.

— Tu!?

— Sì, io — ripetè il dottore.

— Dunque?...

— Adagio, questo è un segreto. Durante un viaggio che feci venticinque anni or sono in Egitto, potei avere uno di quei fiori e studiare e anche spiegare i misteri della sua risurrezione. E da quel fiore mi è sorta l'idea di fermare la vita umana per farla risvegliare dopo un numero più o meno lungo di anni. Perchè se poteva rivivere un umile fiorellino, non avrebbe potuto fare altrettanto un organismo così completo come quello dell'uomo? Ecco la domanda che mi rivolsi e alla cui soluzione impiegai venticinque anni di studi ininterrotti.

— E ci sei riuscito?

— Pienamente — rispose Toby.

S'era alzato, avvicinandosi al tavolino e aveva preso fra le mani il coniglio che pareva morto, avendo le gambe e la testa irrigidite.

— Ha odore, questo animale? Fiutalo, James. Credi che sia morto?

— È freddo e il cuore non batte più.

— Eppure la sua vita non è altro che sospesa da quattordici anni.

— È dunque la morte artificiale che hai scoperto?

— Una semplice puntura del mio filtro misterioso è bastata per fermare le pulsazioni del cuore di questo animale e per conservarlo per un così lungo tempo.

— È meraviglioso!

— Forse meno di quello che sembra — disse il dottore. — Sai che cosa sono i *fakiri*?

— Dei fanatici indiani che eseguono degli esperimenti meravigliosi.

— E che si fanno seppellire talvolta per quaranta e anche cinquanta giorni entro una cassa sigillata, colla bocca e le narici turate da uno strato di cera, e che poi risuscitano senza aver l'aspetto d'aver sofferto. Un bagno nell'acqua calda, un po' di burro sulla loro lingua per renderla più pieghevole ed eccoli ritornare alla vita. Ora vedrai.

Prese da uno scaffale una piccola fiala di vetro che conteneva un liquido rosso, vi immerse una siringa, poi punse replicatamente il coniglio, la prima volta in direzione del cuore e la seconda volta alla gola.

L'animale non aveva dato alcun segno di vita ed aveva conservata la sua rigidezza.

— Aspetta, James — disse il dottore, vedendo apparire sulle labbra del giovine un sorriso d'incredulità.

In un angolo vi era un bacino di metallo, sotto cui ardeva una lampadina ad alcool. Il dottore v'immerse un dito per assicurarsi del calore dell'acqua, poi levò la vaschetta, deponendola sulla tavola.

— Fai fare un bagno al morto? — chiese Brandok.

— Cioè all'addormentato — corresse il dottore. — È necessario allentare a questo dormiglione i nervi che da tanti anni non agiscono più.

— Se tu riesci a far rivivere questo animale, io ti proclamo il più grande scienziato del mondo.

— Non esigo tanto — rispose Toby, ridendo.

Immerse il coniglio nel bacino, tenendogli la testa fuori dell'acqua, poi si mise ad alzare ed abbassare le gambe anteriori, come per provocare la respirazione e aspettò, guardando l'amico che s'era fatto tutto serio.

— Pare che tu cominci a credere al buon risultato della strana operazione — gli disse il dottore.

— È vero, James?

— Non ancora — rispose il giovine.

— Eppure sento che la testa del coniglio comincia a diventar calda.

— Effetto del calore dell'acqua.

— E che la carne freme.

— Non vedo muoversi le gambe.

Ad un tratto mandò un grido di stupore; il coniglio aveva aperti gli occhi e fissava il dottore colle pupille dilatate.

— Ti sembra morto ora? — disse Toby, con accento beffardo.

— Ti guarda! — esclamò il giovine.

— Lo vedo.

— Agita le zampe!

— E respira anche.

— Miracolo!... Miracolo!...

— Zitto, James, non gridar tanto forte.

— È meravigliosa questa risurrezione!

— Non dico di no.

— Una scoperta che metterà sossopra il mondo.

— Niente affatto, perchè io mi guarderò bene dal divulgarla. Non siamo che in tre sole persone a conoscerla: io, tu ed il notaio del borgo, quell'eccellente signor Max.

— Perchè la conosce anche il notaio? — chiese Brandok.

— Lo saprai più tardi: guarda il risultato per ora.

Aveva levato dalla vaschetta il coniglio e l'aveva messo sul tavolino, avvolgendolo in un pezzo di stoffa di lana.

L'animale aveva gli occhi aperti, respirava liberamente raggrinzando il naso, però si vedeva che era debolissimo, non riuscendo a reggersi sulle zampe, nè cercava di fuggire. Doveva essere istupidito.

— Non morrà? — chiese Brandok.

— Stasera lo vedrai mangiare e correre assieme ai suoi compagni che tengo giù nel mio giardino. Non è il primo che io faccio risuscitare; la settimana scorsa ne ho fatto rivivere un altro dinanzi al notaio ed anche quello dormiva da quattordici anni. Ora mangia, saltella e dorme come gli altri, e tutti i suoi organi funzionano perfettamente bene.

— Toby, — esclamò Brandok, con profonda ammirazione — tu sei un grand'uomo; tu sei il più grande scienziato del secolo.

— Di questo, o dell'altro? — chiese il dottore.

— Che domanda è questa?

— Mio caro James, tu devi aver fame ed il pranzo è pronto. L'aria di mare mette appetito e la mia vecchia Magge mi ha promesso un superbo piatto di pesce. Lasciamo qui il coniglio e andiamo a riempirci lo stomaco: la cuoca sarà già arrabbiata per il ritardo. Avremo anche il notaio al *pudding*.

— Perchè il notaio?...

Il dottore, invece di rispondere, si affacciò alla finestra, e vedendo un garzone che stava innaffiando le

12

zolle del giardino, gli gridò: — Tom, avverti Magge che siamo pronti per assaggiare le sue triglie e le sue dorate, e per le due attacca il *poney.* Dobbiamo fare una gita allo scoglio di Retz.

Cinque minuti dopo, il dottore e il signor Brandok seduti in una elegante saletta da pranzo, dinanzi ad una tavola bene imbandita, gustavano con molto appetito le grosse ostriche di New Jersey, le più deliziose che si trovino sulle coste orientali dell'America settentrionale, le dorate e le triglie preparate dalla brava Magge, innaffiando le une e le altre con dell'eccellente vino bianco dei vigneti della Florida.

Il dottore non parlava; pareva tutto intento a divorarsi quei deliziosi pesci, i migliori forse che possegga l'Atlantico settentrionale.

Brandok invece, cosa assolutamente nuova, sembrava che non fosse più tormentato dallo *spleen*; chiacchierava per due, tempestando il compagno di domande su quella meravigliosa scoperta che doveva, a sentir lui, portare la rivoluzione nel mondo. Con tutto ciò non riusciva che a strappare qualche sorriso allo scienziato.

— Dunque queste triglie e queste dorate ti hanno reso muto — gridò ad un tratto Brandok, che cominciava ad arrabbiarsi. — Sono venti minuti che i tuoi denti continuano a masticare e che invece la tua lingua rimane immobile.

— No, mio caro James, io penso — rispose il dottore, ridendo.

— Pare che tu abbia dimenticato la tua scoperta.

— Tutt'altro.

— Allora parliamone.

— Al *pudding.*

— Che cosa c'entra quel pasticcio?

— Ti ho detto che verrà ad assaggiarlo anche il notaio della borgata, quel bravo signor Max.

— Ma insomma che cosa c'entra lui?

13

— Perdinci, se c'entra! Se dopo cent'anni nessuno più si ricordasse di me e mi lasciassero dormire per sempre? Tanto varrebbe morire.

— Toby! — esclamò Brandok — Che cosa hai intenzione di fare?

— Vedere come camminerà il mondo fra cent'anni e null'altro.

— Come! Tu vorresti...

— Fare un sonno di venti lustri.

— Sei pazzo?

— Non lo credo — rispose il dottore con voce tranquilla.

Brandok aveva picchiato sulla tavola un pugno così violento, da far traballare i bicchieri e rovesciare una bottiglia.

— Tu vorresti?... — gridò.

— Farmi rinchiudere nel rifugio che mi son fatto preparare sulla cima dello scoglio di Retz, per risvegliarmi fra cento anni, mio caro. Si incaricheranno i discendenti del notaio e il futuro sindaco di Nantucket o i suoi successori, a farmi ritornare in vita. Lascio ventimila dollari appunto per farmi risuscitare, unitamente alla fiala contenente il misterioso liquido che mi dovranno iniettare nei punti indicati nel mio testamento.

— Ti ucciderai!

— Allora vuol dire che tu non hai alcuna fiducia nella mia grande scoperta.

— Sì, piena fiducia; però tu non sei un coniglio e poi cento anni non sono quattordici — disse Brandok.

— Abbiamo sangue e muscoli al pari delle bestie e un cuore che funziona egualmente. Volevo farti la proposta di addormentarti con me; ora vi rinunzio.

— Tu hai pensato a me?

— Sì, sperando che con un riposo di cento anni il tuo *spleen* finirebbe per andarsene.

14

— Se l'altro giorno volevo gettarmi dal faro della Libertà! Vedi in quale conto ormai tengo la mia vita. Mi vuoi per compagno, Toby? Sono pronto. Anche se morissi, non perderei nulla.

— Dunque, ti piace la mia idea?

— Sì, francamente.

— Sei eccentrico come un vero inglese.

— E non sono forse un inglese? — disse Brandok ridendo.

Il dottore s'alzò, andò a prendere su una mensola una polverosa bottiglia che doveva contare un bel numero d'anni e la sturò, empiendo i due bicchieri.

— *Medoc* del milleottocentoottantotto — disse. — Dopo ventiquattr'anni di riposo deve essere diventato eccellente. Alla nostra risurrezione nel duemilatre! — esclamò, alzando il bicchiere. Lo svuotò di un fiato, stette qualche minuto soprappensiero, poi disse: — Quanto possiedi, James... ?.

— Cinque milioni di lire.

— In cartelle dello Stato?

— Sì.

— Devi cambiarle in oro, amico mio. Fra cent'anni quelle cartelle potrebbero non avere più valore alcuno, mentre invece l'oro rimane sempre oro, sia che si trovi in verghe od in pezzi da venti lire. Io posseggo soltanto ottantamila dollari, tuttavia spero che mi basteranno, anche fra cento anni, per non morir di fame. Sono già a posto nel piccolo sotterraneo che ho fatto scavare sotto la mia tomba, in una cassaforte, colla chiave a segreto.

— E sei certo che i nostri corpi si conserveranno?

— Meravigliosamente — disse il dottore. — Ci conserveremo come fossimo carni gelate.

— Geleremo?

— Sì.

— Chi metterà del ghiaccio nella nostra tomba?

15

— Non ce ne sarà bisogno. Ho scoperto un certo liquido che abbasserà la temperatura della nostra tomba a 20 gradi sotto lo zero.

— E si manterrà?

— Finchè non sfonderanno la nostra cupola di cristallo per farci risuscitare. Staremo benissimo là dentro, te lo assicuro. Ah! ecco quel bravo notaio; giunge a tempo per assaggiare il *pudding* della mia cuoca e per vuotare un bicchiere di questo delizioso *medoc*.

Nella stanza vicina aveva udito Magge che gridava:

— È sempre in ritardo, signor Max! Cinque minuti ancora e non assaggiava più il mio *pudding*. Un'altra volta me lo farà bruciare.

La porta del salotto s'era aperta fragorosamente ed il notaio era entrato con un passo così pesante, da far traballare le bottiglie ed i bicchieri.

Il signor Max era un uomo sulla sessantina, grasso come una botte e col viso rubicondo nel cui mezzo faceva bella mostra un naso che poteva stare a paragone, senza arrossire, con quello del guascone Cyrano di Bergerac.

— Buon appetito, signori — gridò, con una voce da granatiere. — Come va, signor Brandok? V'è passato lo *spleen* dopo la vostra gita a Nuova York?

— Comincia a lasciarmi un po' di tregua, signor Max, — rispose il giovine — e spero che fra alcuni giorni se ne starà tranquillo per un buon secolo. Poi vedremo.

— Ah!... ho capito — disse il notaio, ridendo. — Toby ha trovato un compagno.

— Che mi terrà buona compagnia — disse il dottore, empiendo un bicchiere.

— Assaggiate questo *medoc*, mio caro notaio; non se ne trova di simile nemmeno in Francia.

16

Magge entrava in quel momento, portando su un piatto d'argento un bel pasticcio dalla crosta dorata, che fumava ancora e che spandeva un profumo delizioso.

— È attaccato il *poney*? — chiese il dottore.

— Sì, padrone — rispose la cuoca.

— Allora sbrighiamoci.

In pochi minuti fecero sparire il *pudding*, vuotarono una tazza di tè, poi scesero nel cortile, dove li attendeva un carrozzino tirato da un piccolo cavallo bianco che sembrava impaziente di partire.

— Andiamo — disse il dottore, raccogliendo le briglie ed impugnando la frusta. — Fra mezz'ora saremo allo scoglio di Retz.

Era una splendida giornata d'autunno, rinfrescata da una brezza vivificante impregnata di salsedine, che soffiava dal settentrione.

L'Oceano Atlantico era in perfetta calma, quantunque il flusso avventasse fra le scogliere che proteggevano le spiagge dalle ondate le quali s'infrangevano con mille boati, balzando e rimbalzando. Delle barche pescherecce colle loro belle vele dipinte di giallo e di rosso a strisce e macchie nere, che davano loro l'apparenza di gigantesche farfalle, spiccavano vivamente sull'azzurro cupo delle acque, spingendosi lentamente al largo, mentre in alto stormi di grossi uccelli marini, di gabbiani e di fregate volteggiavano capricciosamente.

Uscito dalla cinta, il piccolo cavallo aveva preso una via abbastanza larga che costeggiava l'oceano, slanciandosi ad un trotto rapidissimo, senza che il dottore avesse avuto bisogno di eccitarlo colla frusta.

Brandok era ridiventato taciturno, come se lo *spleen* lo avesse ripreso; il notaio pure non parlava, tutto occupato a fumare la sua pipa che eruttava un fumo denso come la ciminiera d'un battello a vapore.

Il dottore badava che il *poney* filasse diritto e non mettesse le zampe in qualche crepaccio o s'avvicinasse

17

troppo alla scogliera, che in quel luogo cadeva a picco sull'oceano.

Dei ragazzi di quando in quando sbucavano dalle macchie di pini e di abeti che si prolungavano verso l'interno dell'isola e rincorrevano per qualche tratto il carrozzino, gridando a squarciagola: — Buona passeggiata, dottore!.

Il paesaggio variava rapidamente, accennando a diventare più selvaggio, man mano che s'accostavano alla spiaggia orientale dell'isola. Non si vedevano più casette nè abitanti.

Soltanto le macchie dei pini e degli abeti diventavano più numerose e più folte e le scogliere più alte e più ripide; le onde dell'Oceano Atlantico vi s'infrangevano con una violenza tale, che pareva si sparassero delle cannonate in fondo ai piccoli fiordi scavati dall'eterna azione delle acque.

Era un rombo continuo, sempre più fragoroso, che impediva ai tre amici di parlare.

La strada era finita, però il *poney* non cessava di trottare, senza manifestare alcuna fatica e faceva traballare maledettamente la carrozzella.

Ad un tratto si fermò dinanzi ad una parete rocciosa, dietro la quale si udiva l'oceano muggire furiosamente.

— Siamo giunti — disse il dottore, balzando a terra.

— Ecco lo scoglio di Retz.

— E lassù hai preparato la nostra tomba? — chiese Brandok.

— Ed in una posizione bellissima — rispose il dottore. — Il muggito delle onde ci canterà la ninna nanna, senza tregua, fino al giorno della nostra risurrezione.

— Se torneremo in vita.

— Dubiti ancora, James?

— Non prenderti nessun pensiero per i miei dubbi. Ti ho detto che la vita ormai è diventata troppo pesante per me, quindi poco m'importerebbe anche se non mi risvegliassi mai più. Mostrami dunque la nostra ultima dimora.

— Non l'ultima.

— Come vuoi.

— Vieni, James.

Legò il *poney* al tronco d'una betulla, poi prese un piccolo sentiero scavato nella viva roccia che s'innalzava a zigzag. La rupe, chiamata impropriamente lo scoglio di Retz, era di mole enorme, alta un centinaio di metri, e formava il capo più alto dell'isola, verso oriente.

La sua fronte massiccia, tagliata a picco, opponeva un formidabile ostacolo all'irrompere delle onde dell'Atlantico, quindi non vi era pericolo che cedesse, nemmeno dopo cent'anni.

Giunti sulla cima, che era piatta, anzichè terminare a punta, Brandok scorse una muraglia, della circonferenza di quattro o cinque metri, che era sormontata da una cupola di cristallo munita di un parafulmine altissimo.

— È quella la nostra ultima dimora? — chiese.

— Sì — rispose il dottore.

— Quando l'hai fatta costruire?

— Lo scorso anno.

— Lo sanno gli abitanti della borgata?

— No, perchè ho fatto venire gli operai ed i vetri da Nuova York.

— E la rispetteranno?

— Lo scoglio è mio: l'ho acquistato dal comune, con contratto regolare, ed il notaio ha l'ordine di far distruggere il sentiero che conduce quassù e di cingere la scogliera con una cancellata di ferro altissima.

— Che ho già ordinata — disse il signor Max. — Nessuno verrà a disturbarvi.

— Entriamo — disse il dottore.

Con una chiave a segreto aprì una porticina di ferro tanto bassa che non si poteva entrarvi che carponi, ed i tre uomini si introdussero nel piccolo edificio.

L'interno era tutto coperto da vetri molto spessi incastrati in robuste cerniere di rame, e di notevole non aveva che un letto molto largo e basso, con coperte piuttosto pesanti ed un piccolo scaffale su cui stavano delle bottiglie e delle siringhe.

— Ecco la mia dimora, o meglio la nostra — disse Toby, rivolgendosi all'amico. — Ti rincresce?

— Niente affatto — rispose il giovane, che guardava l'oceano attraverso la cupola di vetro.

— Spero che nessuno verrà a disturbarci prima del giorno che avremo fissato nel nostro testamento. Che piacere udire il fragore delle onde! Ecco una bella compagnia.

— Ritengo inutile che tu ti provveda di un letto. Questo è più che sufficiente per tutti e due.

— Ed il sotterraneo dove hai depositato i tuoi valori?

Il dottore si curvò, levò una piastra di ferro che si trovava ai piedi del letto e mostrò una stretta gradinata scavata nella viva roccia, che doveva mettere in qualche cella sotterranea.

— La cassaforte si trova là dentro — disse.

— Vi rinchiuderò anche i miei valori. Domani andrò a Nuova York a cambiare la mia carta e le mie azioni ferroviarie in oro. Ne avremo abbastanza al nostro risveglio. A quando il nostro sonno?

— Fra otto giorni; appena avranno chiusa la base della roccia colla cancellata.

— Una domanda ancora, mio caro dottore. Se si dimenticassero di risvegliarci? Sai che io non ho nessun parente.

— Io ho una sorella che ha sette figli — rispose Toby.

— Spero che fra cent'anni esisterà ancora qualche pronipote per venire a riaprirci gli occhi, o per impossessarsi del nostro tesoro nel caso che noi fossimo proprio morti; e poi vi è il notaio ed ho anche depositato un atto presso il sindaco. Non temere James: qualcuno verrà a raccogliere la nostra eredità.

— I miei successori non si dimenticheranno di voi, siatene certi — disse il signor Max.

— Hai nessun'altra obiezione da fare, James? — chiese Toby.

— No — rispose il giovane.

— Sei risoluto a tentare l'esperimento?

— Hai la mia parola.

— Allora, torniamo a casa mia a fare gli ultimi preparativi.

Uscirono, chiusero la porticina, scesero lo scoglio e salirono sulla carrozzella senza aggiungere altra parola.

Dobbiamo confessare però che tutti e tre erano visibilmente commossi.

Otto giorni dopo, prima del tramonto del sole, Brandok, il dottore ed il notaio lasciavano inosservati la borgata e si mettevano in cammino per lo scoglio di Retz.

Avevano ormai prese tutte le disposizioni per quella dormita che doveva durare cent'anni, e tutte le misure perchè in quel lunghissimo tempo nessuno si recasse a disturbarli.

Il signor Brandok aveva già fatto trasportare nottetempo i suoi milioni e li aveva rinchiusi nella cassaforte nascosta nel piccolo sotterraneo; aveva venduto tutti i suoi possedimenti, lasciando una parte del ricavato al comune dell'isola purchè vegliasse sulla tomba; il dottore aveva regalato la sua casetta alla sua cuoca e fatto innalzare intorno alla piccola costruzione la cancellata di ferro sulla quale aveva fatto collocare parecchie lastre di metallo colla scritta: *Proprietà privata del dottor Toby Holker.*

21

Quando giunsero sulla cima della rupe il sole stava per tramontare in un oceano di fuoco.

Tutti e tre s'erano fermati, guardando l'oceano che fiammeggiava sotto i riflessi del tramonto e che s'increspava leggermente sotto la brezza della sera. In lontananza un grande piroscafo fumava, dirigendosi verso la costa americana; lungo le scogliere dell'isola alcune barche pescherecce s'avanzavano dolcemente, tornando verso il porto della piccola borgata; alla base della rupe le onde s'infrangevano rompendo il silenzio che regnava sull'immenso oceano. I tre uomini tacevano: il notaio sembrava profondamente commosso; Brandok e Toby un po' preoccupati. Rimasero così parecchi minuti, guardando ora le barche ed ora il sole che pareva si tuffasse in acqua; poi ad un tratto il dottore si scosse, dicendo: — Non ti penti della parola data, James?.

— No — rispose Brandok, con voce calma.

— Anche se non dovessimo risvegliarci mai più?

— Nemmeno.

— Signor Max, salutiamoci ed abbracciamoci, poichè non ci rivedremo mai più, a meno di un miracolo.

— Bisognerebbe che campassi centoquarant'anni, una età impossibile — disse il notaio, sospirando. — Io morrò, mentre voi risusciterete.

— Un abbraccio, amico, e lasciamoci.

Il signor Max, vivamente commosso, cogli occhi umidi, si strinse fra le braccia il dottore, tenendoselo per qualche momento sul petto.

— Addio, signor Brandok — disse poi, con voce rotta, porgendogli la mano. — Vi auguro di tornare in vita e di ricordarvi di me.

— Ve lo promettiamo — rispose il giovane. — Addio, signor Max: noi andiamo a dormire.

Il notaio s'allontanò, volgendosi più volte per un gesto d'addio; poi scomparve pel sentiero che conduceva alla base della rupe dove aveva collocato una grossa cartuccia di dinamite, per distruggerlo.

— Vieni James — disse Toby, quando furono soli. — Guarda un'ultima volta l'oceano.

— L'ho guardato abbastanza, e poi non lo troveremo certo cambiato, se risusciteremo.

Aprirono la porticina ed entrarono nella loro tomba, che gli ultimi raggi di sole illuminavano a sufficienza, facendo scintillare la cupoletta di vetro.

Toby prese dalla mensola una bottiglia e due bicchieri e la stappò.

— Un buon bicchiere di *champagne* — disse, versando lo spumeggiante nettare. — Alla nostra risurrezione, James!

— O alla nostra morte, che per me sarà lo stesso — rispose il giovine, forzandosi di sorridere.

— Almeno lo *spleen* non mi tormenterà più.

Vuotarono d'un fiato i bicchieri, poi il dottore chiuse in un plico alcuni documenti che collocò entro una cassetta di metallo.

— Che cosa fai, Toby? — chiese Brandok.

— Qui dentro vi sono le fiale contenenti il misterioso liquido che dovrà ridarci la vita, e insieme la ricetta che insegnerà come dovranno servirsene coloro che verranno a risvegliarci.

— Hai finito?

— Sì. Un altro bicchiere.

— Sia — rispose Brandok.

Vuotarono la bottiglia, poi il dottore sturò una fiala ed empì due piccole tazze. Era un liquore rossastro, un po' denso, che aveva un profumo speciale.

— Bevi — disse, porgendo una delle tazze a Brandok.

— Cos'è?

— Il narcotico che ci addormenterà, o meglio che sospenderà la nostra vita e che impedirà alle nostre carni di corrompersi.

Il giovane prese la tazza con mano ferma, guardò il liquido in trasparenza, poi lo tracannò senza che un muscolo del suo viso avesse trasalito.

— È un po' amaro, però non è cattivo — disse. — Ah! che freddo, Toby. Mi pare di avere un blocco di ghiaccio al posto del cuore.

— Non è nulla, e poi durerà poco. Gettati sul letto e copriti.

Mentre Brandok obbediva, il dottore bevve anch'egli la sua tazza, poi s'accostò barcollando ad un vaso di terra che si trovava in un angolo ed afferrato un martello che si trovava li presso, con un colpo vigoroso ne spezzò il coperchio, poi raggiunse frettolosamente il compagno.

Una temperatura da Siberia aveva invaso la stanza. Pareva che da quel vaso misterioso uscisse una corrente d'aria gelata, come quella che spira nelle regioni polari.

Il dottore guardò Brandok: il giovane non dava più segno di vita. Pareva che la morte l'avesse colto di colpo.

— Fra... cento... anni... — ebbe appena il tempo di balbettare il dottore, e stramazzò a fianco dell'amico.

Nello stesso momento l'ultimo raggio di sole si spegneva e le prime ombre della notte scendevano sul sepolcreto.

II - Una risurrezione miracolosa

Una mattina degli ultimi giorni di settembre del 2003, tre uomini salivano lentamente lo scoglio di Retz, aiutandosi l'un l'altro per superare le rocce, non essendovi alcuna traccia di sentiero.

Il primo era un uomo piuttosto attempato, fra i cinquanta e i sessant'anni, eppure ancora assai vigoroso, senza barba e senza baffi, le braccia e le gambe lunghissime, perfino troppo in proporzione del tronco, e gli occhi molto dilatati e quasi bianchi.

Gli altri due erano più giovani di qualche dozzina d'anni, anch'essi bene sviluppati, con muscolature possenti e cogli occhi egualmente bianchi e smorti.

In tutti e tre poi si osservava uno sviluppo assolutamente straordinario della testa e specialmente della fronte.

I loro vestiti erano d'una certa stoffa color caffè chiaro, che pareva una seta, e consistevano in casacche larghissime, e in calzoni corti ed ampi, fermati sotto il ginocchio.

Giunti sull'orlo superiore dello scoglio, si erano fermati dinanzi ad un'alta cancellata di ferro arrugginito e corroso dai sali marini che racchiudeva una piccola costruzione di forma circolare, sormontata da una cupoletta di vetro.

Una lastra di metallo situata in cima ad un palo, portava la seguente scritta, ancora abbastanza visibile: *Proprietà privata del dottor Toby Holker.*

— Ci siamo — aveva detto l'uomo attempato, levandosi da una tasca una chiave vecchissima, d'una forma speciale, e una carta ingiallita. — Che belle chiavi si usavano cent'anni fa!

— E sperate di farlo risuscitare il vostro antenato signor Holker? — domandò uno dei due che lo accompagnavano.

— Almeno le sue ossa le troveremo, ed anche quelle del suo amico — rispose il signor Holker.

— Ed i milioni, giacchè voi siete l'unico erede.

— È vero, signor notaio.

— Potrete aprire?

— Proviamo — rispose il signor Holker.

Introdusse la chiave nella toppa e, dopo qualche sforzo, fece scattare il chiavistello.

— Non fabbricavano male a quei tempi, i fabbri, — disse, spingendo il cancello. — Non credevo che dopo cent'anni le serrature funzionassero ancora.

Il piccolo recinto era coperto di ginestre e di sterpi e di cumuli di erbe secche. Si capiva che nessuno, da moltissimo tempo, era entrato colà.

— Vediamo — disse Holker, aprendosi il passo fra gli sterpi.

S'accostò, non senza provare una certa emozione, alla piccola costruzione e, rizzandosi quanto era lungo, appoggiò il viso alla cupoletta di vetro.

Subito un grido gli sfuggì.

— È incredibile! Sono là ambedue e mi sembrano intatti! Che il mio antenato sia proprio riuscito a scoprire un filtro così meraviglioso da poter sospendere la vita per cent'anni?

I suoi due compagni, avevano gettato uno sguardo attraverso i vetri, e anch'essi non avevano potuto frenare un grido di stupore.

— Sono là! Sono là!

— E pare che dormano — disse Holker, che era in preda ad una viva emozione.

— Signor Holker, vi sareste ingannato? — chiese il notaio.

— Non so che dire; ora ho una lontana speranza di poter rivedere vivo il mio antenato.

— Entriamo, signore. Avete la chiave del sepolcreto?

— Sì; non entriamo subito, però.

— Perchè?...

— Il mio antenato ha lasciato scritto che si lasci prima la porta aperta per qualche minuto.

— Non riesco a comprenderne il motivo — disse il compagno del notaio.

— Per non esporci ad un potente raffreddore, signor sindaco — disse Holker. — Si fa presto a buscarsi una polmonite.

— Che vi sia molto freddo lì dentro?

— Sembra che il dottor Toby, oltre il filtro avesse anche scoperto un certo liquido capace di sprigionare un freddo polare.

— Deve trovarsi in quel vaso che scorgete là in quell'angolo.

— Aprite, signor Holker — disse il notaio. — Sono impaziente di assistere alla risurrezione di quei due uomini.

Fecero il giro della piccola costruzione, finchè scoprirono una porticina di ferro.

Holker introdusse la chiave nella serratura ed aprì facilmente. Subito una corrente estremamente fredda investì i tre uomini, costringendoli a retrocedere rapidamente.

— Vi è un banco di ghiaccio là dentro! — esclamò il sindaco. — Che cosa contiene quel vaso per produrre un simile freddo? Che gli scienziati di cent'anni fa valessero meglio di quelli d'oggi?

— Grand'uomo quel mio antenato — disse Holker.

— Farò una ben meschina figura io, vicino a lui!...

Attesero alcuni minuti, poi, quando la corrente fredda diminuì, uno alla volta s'introdussero nel sepolcreto, avanzandosi carponi, essendo la porta assai bassa e stretta.

Si trovarono in una stanza circolare, colle pareti coperte da lastre di vetro, ben connesse da armature di rame.

27

Nel mezzo vi era un letto abbastanza largo e su di esso, avvolti in grosse coperte di feltro, si scorgevano due esseri umani coricati l'uno presso l'altro.

I loro volti erano gialli, gli occhi chiusi, e le loro braccia, che tenevano sotto le coperte, parevano irrigidite. Non si riscontrava su di loro alcun indizio di corruzione delle carni.

Il signor Holker s'era accostato rapidamente a loro e aveva sollevato le coperte.

— È incredibile! — esclamò. — Come si possono essere conservati così questi due uomini, dopo cent'anni? Possibile che siano ancora vivi? Nessuno lo ammetterebbe.

I suoi compagni si erano anche essi accostati e guardavano con una specie di terrore quei due uomini, chiedendosi ansiosamente se si trovavano dinanzi a due cadaveri o a due addormentati.

Quello che si trovava a destra era un bel giovane di venticinque o trent'anni, coi capelli di color biondo rossiccio, di statura alta e slanciata; l'altro invece dimostrava cinquanta o sessant'anni, aveva i capelli brizzolati, ed era più basso di statura e di forme più massicce.

Sia l'uno che l'altro erano meravigliosamente conservati: solo la pelle del viso, come abbiamo detto, aveva assunto una tinta giallastra, simile a quella delle razze mongoliche.

— Qual è il vostro antenato? — chiese il notaio.

— Il più vecchio. L'altro è il signor James Brandok.

— Agirete subito?

— Senza ritardo.

— Siete medico, è vero?

— Come il mio antenato.

— Sapete come dovete operare?

— Il documento lasciato da Toby Holker parla chiaro. Non si tratta che di far due iniezioni.

— Ed il liquido misterioso?

— Deve trovarsi in quella cassetta — rispose il signor Holker, indicando una scatola di metallo che si trovava in fondo al letto.

— Torneranno subito in vita?

— Non credo; forse dopo che li avremo immersi nell'acqua tiepida.

— Dovremo quindi portarli fino alla borgata?

— Non è necessario — rispose il signor Holker. — Ho dato ordine al mio macchinista di raggiungermi col *Condor* e non tarderà a venire. Porterò il mio antenato ed il signor Brandok a casa mia, a Nuova York. Desidero che tutti ignorino per ora la risurrezione di questi due uomini.

Mentre parlava aveva aperto la cassetta di ferro dove si vedevano dei documenti, due fiale di cristallo piene d'un liquido rossastro e delle siringhe.

— Ecco il filtro misterioso — disse, prendendo le fiale. — Agiremo senza perdere tempo.

Denudò il petto dei due addormentati, poi immerse una siringa in una delle due fiale, dicendo: — Una iniezione in direzione del cuore e una nel collo: vedremo se avranno qualche effetto.

— Signor Holker, — disse il notaio — voi che siete dottore, vi sembra che siano morti? Hanno un certo aspetto...

— Di mummie egiziane?

— No, perchè le loro carni hanno ancora una certa freschezza.

— Allora di persone non morte — disse il signor Holker.

— Sapete che non dispero?

— Batte il loro cuore?

— No.

— Sono freddi?

29

— Sfido io, colla temperatura che regnava qui dentro! Sono immersi in una specie di catalessi, che mi ricorda gli straordinari esperimenti dei *fakiri* indiani.

— Dunque non disperate?

— Mah... Constato solamente che sono meravigliosamente conservati dopo venti lustri.

Aiutatemi, signor Sterken.

— Che cosa devo fare?

— Tenete semplicemente una di queste fiale, mentre io inietto il liquido scoperto dal mio antenato.

— Che sia invece fatale?

— Io eseguisco la sua ultima volontà; se muore, ammesso che dorma ancora, non sarà colpa mia. Proviamo!...

Il signor Holker prese la siringa, appoggiò la punta acutissima sul petto del dottore in prossimità del cuore e fece una iniezione abbondante, sottocutanea. Ripetè la medesima operazione sul collo, prese la vena giugulare, poi attese, in preda ad una profonda ansietà, tenendo in mano il polso del suo antenato. Nessuno parlava: tutti tenevano gli sguardi fissi sul dottore, colla speranza di sorprendere su quel viso giallastro una mossa qualsiasi, che potesse essere indizio d'un ritorno alla vita. Era trascorso un minuto, quando il signor Holker si lasciò sfuggire un grido di stupore.

— È incredibile!

— Che cosa avete? — chiesero ad una voce il notaio ed il sindaco.

— Quest'uomo non è morto!

— Batte il suo polso?

— Ho sentito una leggera vibrazione.

— Che vi siate ingannato? — domandò il notaio, che era diventato pallidissimo.

— No... è impossibile... il polso batte... leggermente sì, tuttavia batte... Non sogno io.

— Dopo cent'anni!...

— Silenzio... ascoltiamo se anche il cuore dà qualche segno di vita...

Il signor Holker aveva appoggiato il capo sul largo petto del suo antenato.

— È freddo? — chiese il sindaco.

— Finora sì.

— Cattivo segno: i morti sono sempre freddi.

— Aspettate, signor sindaco, il filtro ha appena cominciato ad agire.

— E...

— Tacete! Meraviglioso!... incredibile!... Cos'ha inventato il mio antenato? Che cosa sono in suo paragone i medici moderni? Degli asini, compreso me!

— Batte dunque il cuore? — chiesero ad una voce il sindaco ed il notaio.

— Sì... batte...

— Non v'ingannate?

— Sono un medico.

— Eppure la tinta giallastra non scompare ancora — disse il notaio.

— Dopo... dopo il bagno forse... Sì, il cuore batte!... È un miracolo!... Ritornare in vita dopo cent'anni! Chi lo crederebbe?

— Ed il polso?

— Vibra sempre con maggior forza.

— Rivolgetevi al signor Brandok, dottore — disse il sindaco.

In quel momento un fischio sonoro echeggiò al di fuori.

— Il mio *Condor* — disse il signor Holker. — Giunge in tempo!

— Desiderate qualche cosa dal vostro macchinista? — domandò il notaio.

— Che porti una leva per aprire il sotterraneo. Ed ora occupiamoci del signor Brandok — Denudò il petto del

31

giovane e ripetè su di lui le iniezioni fatte già al signor Toby.

Due minuti dopo, udì un lieve fremito nei polsi, e constatò per di più che la tinta giallastra tendeva a scomparire e che un lievissimo rossore compariva sulle gote dell'addormentato.

— Quale miracolo! — ripeteva il signor Holker. — Domani questi uomini parleranno come noi.

Il notaio era ritornato con un negro di statura imponente, un vero ercole, con spalle larghissime, braccia grosse e muscolose.

— Harry, — disse il signor Holker, rivolgendosi verso il gigante — prendi queste due persone, e portale sul *Condor*. Bada di non stringerle troppo.

— Sì, padrone.

— Sono pronti i materassi?

— E anche la tenda.

— Sbrigati, ragazzo mio.

Il signor Holker spostò il letto e mise le mani su una piastra di ferro di forma circolare, munita d'un anello.

— Deve essere qui sotto il sotterraneo contenente i milioni del mio antenato e del signor Brandok — disse.

— Vi saranno ancora? — chiese il notaio.

— Solo noi potevamo sapere che i due addormentati ve li avevano posti, e poi noi abbiamo veduto che tutto era in ordine qui dentro, quindi nessuno può esservi entrato.

Passò la leva portata dal macchinista nell'anello e alzò, non senza fatica, la piastra.

Essendo già calate le tenebre, accese una lampada elettrica e scorse una scaletta scavata nella viva roccia.

Scese giù, seguito dal notaio e dal sindaco e si trovò in una celletta di due metri quadrati contenente due casseforti d'acciaio.

— Sono qui dentro i milioni — disse.

— Li fate portare sul vostro *Condor*? — chiese il notaio.

— Appartengono al mio antenato ed al signor Brandok. Essendo vivi, non ho più alcun diritto su queste ricchezze... Harry!

Il negro che era già tornato, dopo aver portato via Toby e Brandok, scese nel sotterraneo.

— Aiutami — gli disse Holker.

— Basto io, signore — rispose il gigante. — I miei muscoli sono solidi e le mie spalle larghe.

Prese la cassa più grossa e la portò via.

— Signori, — disse Holker, quando anche la seconda fu levata — la vostra missione è finita. Il signor Brandok ed il mio avo sapranno ricompensarvi presto della vostra gentilezza.

— Ce li condurrete un giorno? — chiese il notaio.

— Ve lo prometto.

— Siete ormai certo che essi tornino in vita? — domandò il sindaco.

— Io lo spero, dopo un buon bagno nell'acqua tiepida. Fra quattro ore io sarò a Nuova York e domani vi darò mie notizie.

Uscirono dal sepolcreto e dalla cinta, chiudendo il cancello e si dirissero verso il margine della rupe che si affacciava sull'oceano, dove si vedeva vagamente e fra le tenebre, una massa nera che agitava sopra di sè delle ali mostruose.

— Accendi il fanale, Harry — disse il signor Holker.

Uno sprazzo di luce vivissima si sprigionò, illuminando tutta la cima della rupe e la massa che si agitava presso il margine.

Era una specie di macchina volante, fornita di quattro ali gigantesche e di eliche grandissime, collocate al di sopra di una piattaforma di metallo, lunga e stretta, difesa all'intorno da una balaustra. Nel mezzo, collocati su un soffice materasso e riparati da una cortina, si trovavano il dottor Toby e Brandok, coricati l'uno presso l'altro. Il negro stava invece all'estremità della piattaforma, dietro ad una piccola macchina, munita di parecchi tubi.

— Arrivederci presto, signori — disse Holker, salendo sulla piattaforma e sedendosi presso i due risuscitati.

— Buon viaggio, signor Holker — risposero il notaio ed il sindaco. — Dateci domani notizie del dottore e del signor Brandok.

— A cento miglia all'ora, ragazzo mio — disse Holker al negro. — Ho molta fretta.

Le ali e le eliche si misero in movimento e la macchina volante partì con velocità fulminea, passando sopra l'isola di Nantucket e tenendo la prora verso il sud-ovest. Il signor Holker esaminava intanto il dottore Toby ed il suo compagno, appoggiando spesso la mano sui loro petti e tastando di quando in quando anche i polsi.

La vitalità tornava lentamente nei due addormentati. Il loro polso cominciava già a battere, assai debolmente però, ma ancora non respiravano ed il cuore rimaneva muto.

— Vedremo dopo il bagno — mormorava il signor Holker. — Morti non sono, quindi non devo disperare. Quale sorpresa per loro quando riapriranno gli occhi! Rivivere dopo cent'anni! Quale meraviglioso filtro ha scoperto il mio antenato! E, cosa inesplicabile, non sono invecchiati!

Il *Condor* intanto continuava la sua corsa fulminea. Aveva passato l'isola e correva sopra l'oceano, mantenendosi ad un'altezza di centocinquanta metri.

La sua lampada mandava sempre un lungo sprazzo di luce che si rifletteva sulle onde.

A mezzanotte, verso ovest, si scorsero a un tratto delle ondate di luce bianca che salivano a grande altezza.

— Nuova York, padrone — disse il negro.

— Di già? — rispose Holker. — Hai superato le cento miglia all'ora, mio buon Harry.

Sbrighiamoci, e bada di non urtare qualcuno.

Si era alzato e guardava verso quelle luci.

— Arriveremo presto — mormorò.

Venti minuti dopo il *Condor* correva sopra un raggruppamento di case immense, di torri e di campanili.

Descrisse alcuni giri in aria, proiettando il fascio di luce sui tetti delle case, poi calò su una vasta terrazza di metallo, situata sulla cima d'un palazzo di venti piani.

— Siamo giunti, padrone — disse il negro.

— Prendi i due addormentati e portali nella mia camera. E silenzio con tutti!

III - Le prime meraviglie del Duemila

Erano trascorse altre due ore, quando il dottor Toby pel primo aperse finalmente gli occhi, dopo cent'anni che li aveva tenuti chiusi.

Dopo una immersione durata un quarto d'ora, in una vasca piena di acqua tiepida, aveva già cominciato a dare qualche segno di vita e a perdere la tinta giallastra, nondimeno era stata necessaria una nuova iniezione del filtro misterioso perchè il cuore riprendesse finalmente le sue funzioni.

La rigidità dei muscoli era rapidamente scomparsa ed il colorito roseo era tornato sul suo volto in seguito alla ripresa della circolazione del sangue.

Appena aperti gli occhi, il suo sguardo si fissò sul signor Holker che gli stava presso, occupato a soffregar il petto di Brandok.

— Buongiorno... — gli disse il pronipote, accostandoglisi rapidamente.

Toby era rimasto muto; nondimeno i suoi occhi parlavano per lui.

Vi era nel suo sguardo dello stupore, dell'ansietà, fors'anche della paura.

— Mi udite? — chiese Holker.

Il dottore fece col capo un segno affermativo, poi mosse le labbra a più riprese, senza che potesse emettere alcun suono. Certo la lingua non aveva ancora riacquistata la sua elasticità dopo essere stata per tanti anni immobilizzata.

— Come vi sentite? Male forse?

Toby fece un gesto negativo, poi alzò le mani facendo dei segni assolutamente incomprensibili pel signor Holker. Ad un tratto le abbassò puntandole verso il signor Brandok, che stava coricato in un letto vicino.

— Mi chiedete se il vostro compagno è vivo o morto, è vero?

Il dottore accennò di sì.

— Non temete signor... zio, se non vi rincresce che vi chiami con questo titolo di parentela, poichè appartengo alla vostra famiglia come discendente di vostra sorella... Non temete, anche il vostro compagno sta per tornare alla vita e fra poco riaprirà gli occhi. Provate molta difficoltà a muovere la lingua? Vediamo, zio... sono dottore anch'io al pari di voi.

Gli aprì la bocca e tirò parecchie volte quell'organo, che pareva si fosse atrofizzato, ripiegandolo poi in tutti i sensi, per fargli riacquistare la perduta agilità.

— Agisce ora?

Un suono dapprima confuso uscì dalle labbra del dottor Toby, poi un grido: — La vita! La vita!.

— Mercè il vostro filtro, zio.

— Cent'anni?

— Sì, dopo cent'anni di sonno — rispose Holker — non credevate certo di poter tornare vivo.

— Sì! Sì! — borbottò il dottore.

In quell'istante una voce fioca chiese: — Toby? Toby?.

Il signor Brandok aveva aperto gli occhi e guardava il suo vecchio amico con uno stupore facile a comprendersi.

— Toby! — ripetè per la terza volta, tentando di rizzarsi sul guanciale.

— Non vi movete, signor Brandok — disse Holker.

— Sono lieto di darvi il buongiorno e di udirvi anche parlare. Rimanete coricati; vi è necessario un buon sonno, del vero sonno.

S'avvicinò ad un tavolino su cui stavano parecchie fiale, ne prese una e versò il contenuto in due tazze d'argento.

— Bevete questo cordiale — disse, porgendo ad entrambi le tazze. — Vi darà forza... ah!... mi scordavo di dirvi che i vostri milioni sono al sicuro, qui in casa mia... Ricoricatevi, fate una buona dormita e questa sera pranzeremo insieme, ne sono certo.

Il dottor Toby aveva mormorato: — Grazie, mio lontano parente.

Poi aveva quasi subito chiusi nuovamente gli occhi. Il signor Brandok dormiva di già, russando sonoramente.

Il signor Holker rimase nella stanza parecchi minuti, curvandosi ora sull'uno ora sull'altro dei risuscitati, e ripetendo con visibile soddisfazione: — Ecco il vero sonno che farà ricuperare loro le forze. Meraviglioso filtro!... Ecco un segreto che, se divulgato, renderà il mio antenato l'uomo più famoso del mondo. Lasciamoli riposare. Credo che ormai siano salvi.

Otto ore dopo il dottor Toby veniva svegliato da un sibilo leggero, che pareva venisse dal disotto del guanciale.

Assai sorpreso, s'era alzato a sedere, gettando intorno a sè uno sguardo meravigliato. Nella stanza non vi era nessuno e Brandok continuava a russare nell'altro letto.

— Chi mi ha fischiato agli orecchi? — si chiese. — Che io abbia sognato?

Stava per chiamare Brandok, quando udì una voce che pareva umana, sussurrargli agli orecchi: — Gravi avvenimenti sono avvenuti ieri nella città di Cadice. Gli anarchici della città sottomarina di Bressak, impadronitisi della nave *Hollendorf*, sono sbarcati nella notte, facendo saltare parecchie case, con bombe. La popolazione è fuggita e gli anarchici hanno saccheggiata la città. Si chiamano sotto le armi i volontari di Malaga e di Alicante che verranno trasportati sul luogo dell'invasione con flotte aeree. Si dice che Bressak sia stata distrutta e che molte famiglie anarchiche siano rimaste annegate.

Il dottore aveva ascoltato, con uno stupore facile ad indovinarsi, quella voce che annunziava uno spaventevole disastro, poi aveva sollevato rapidamente il guanciale, poichè la voce s'era fatta udire più precisamente dietro la sponda del letto, e scorse una specie di tubo sul cui orlo era scritto: — "Abbonamento al World,,.

— Una meraviglia del Duemila! — esclamò. — I giornali comunicano direttamente le notizie a casa degli abbonati. Che abbiano soppressa la carta e le macchine per stamparla? Ai nostri tempi queste comodità non si conoscevano ancora. Come è progredito il mondo!

Stava per chiamare l'amico, che non si decideva ad aprire gli occhi, quando udì uscire dal tubo un altro fischio, poi la medesima voce che diceva: — Guardate la scena.

Nel medesimo istante il dottore vide illuminarsi un gran quadro che occupava la parete di fronte al letto e svolgersi una scena orribile e d'una verità straordinaria.

Degli uomini erano comparsi in mezzo a delle case e correvano all'impazzata, lanciando delle bombe che scoppiavano con lampi vivissimi.

I muri si sfasciavano, i tetti crollavano; uomini, donne e fanciulli precipitavano nelle vie, mentre larghe lingue di fuoco si alzavano sopra quegli ammassi di macerie, tingendo tutto il quadro di rosso.

Gli anarchici continuavano intanto la loro opera di distruzione, e le scene si succedevano alle scene con vertiginosa rapidità e senza la minima interruzione. Era una specie di cinematografo, d'una perfezione straordinaria, veramente stupefacente, che riproduceva con meravigliosa esattezza la terribile strage annunciata poco prima dal giornale.

Per dieci minuti quel rovinio continuò, poi finì con una fuga disordinata di gente, che si rovesciava verso una spiaggia, mentre il cielo rifletteva la luce degli incendi.

— Straordinario — ripeteva il dottore, quando la parete tornò bianca. — Che progresso ha fatto il giornalismo in questi cento anni! E chissà quante meraviglie dovremo vedere ancora.

Brandok, hai finito il tuo sonno?

Udendo quella chiamata, il giovane aprì finalmente gli occhi, sbadigliando come un orso che si sveglia dopo il lungo sonno invernale.

— Come ti senti, amico mio? — chiese Toby.

— Benissimo.

— Il tuo *spleen*?

— Per ora non m'accorgo che mi tormenti. E... dimmi, Toby, abbiamo sognato, o è proprio vero che noi abbiamo dormito un secolo?

— La prova l'abbiamo nelle nostre casseforti, che hanno portato qui mentre ci riposavamo.

— Chi potrà credere che noi siamo risuscitati?

— Il mio parente di certo, poichè è venuto lui a toglierci dal sepolcreto.

— E dove ci troviamo noi? Ancora a Nantucket?

— Non lo saprei davvero.

— E tu come stai?

— Provo un turbamento che non so spiegarmi e mi pare di essere molto debole.

— Sfido io, dopo un così lungo digiuno? — disse Brandok, ridendo. — Non senti appetito? Io mangerei volentieri una bistecca, per esempio.

— Adagio, mio caro. Non sappiamo ancora come funzioneranno i nostri organi interni.

— Se il cuore, ed i polmoni non danno segno d'aver sofferto, dopo una così lunga fermata, suppongo che anche gli intestini riprenderanno il loro lavoro.

— Eppure temevo che si atrofizzassero — disse Toby.

In quel momento la porta si aprì ed il signor Holker comparve, seguito dal gigantesco negro che portava dei vestiti simili a quelli che indossava il suo padrone e della biancheria candidissima.

— Come state, zio? Mi permettete di chiamarvi così, d'ora innanzi?

— Certo, mio caro tardo nipote — rispose il dottore. — Mi trovo abbastanza bene.

— Anche voi, signor Brandok?

— Ho solamente un po' di fame.

— Buon segno; vestitevi e poi andremo a pranzare. Le vesti saranno un po' diverse da quelle che si portavano cent'anni fa, però sono più comode e dal lato igienico nulla lasciano a desiderare, essendo disinfettate perfettamente.

— E anche la stoffa mi sembra diversa.

— Stoffa vegetale. Già da sessant'anni abbiamo rinunciato a quella animale, troppo costosa e poco pulita in paragone a questa. Ah! Troverete il mondo ben cambiato; per ora non vi dico altro per non scemare la vostra curiosità. Vi aspetto nella sala da pranzo.

Il dottor Toby e Brandok si cambiarono, fecero un po' di toeletta, poi lasciarono la stanza, inoltrandosi in un corridoio le cui pareti lucidissime avevano degli strani splendori, come se sotto la vernice che le copriva vi fosse qualche strato di materia fosforescente, ed entrarono in un salotto abbastanza ampio, illuminato da due finestre larghe e alte fino al soffitto, che permettevano all'aria di entrare liberamente.

Era ammobiliato con semplicità, non esente da una certa eleganza. Le sedie, la credenziera, gli scaffali situati negli angoli e perfino la tavola che occupava il centro, erano formati di un metallo bianco e lucentissimo che assomigliava all'alluminio.

Il signor Holker era già seduto a tavola, la quale era coperta da una tovaglia colorata che non sembrava di tela.

— Avanti, miei cari amici, — disse, andando loro incontro — il pranzo e pronto.

41

— E dove lo mangeremo? — chiese Brandok, che non aveva scorto sulla tavola nè piatti, nè bicchieri, nè posate, nè salviette, nè cibi di alcun genere.

— Ah! mi scordavo che un secolo fa gli albergatori erano pure indietro di cento anni! — disse Holker, ridendo. — Hanno progredito anche loro. Guardate.

S'accostò ad una parete ed abbassò una lastra di metallo lunga un paio di metri e larga una trentina di centimetri, unendola alla tavola in modo da formare un piccolo ponte. L'altra estremità s'appoggiava ad una piccola mensola sopra la quale sta scritto: — Abbonamento all'Hôtel Bardilly.

— E ora? — chiese Brandok che guardava con crescente stupore.

— Premo questo bottone ed il pranzo lascia le cucine dell'albergo per venire sulla mia tavola.

— Dove si trova questo Hôtel? In questa casa?

— Anzi, è piuttosto lontano: sulla riva opposta dell'Hudson.

— Siamo dunque a Nuova York?! — esclamarono ad una voce Toby e Brandok.

— Dove credevate di essere? Ancora a Nantucket?

— Quando ci avete trasportati? — domandò Brandok al colmo della sorpresa.

— Ieri sera. Alle otto ho lasciato l'isola e a mezzanotte eravate qui.

— In quattro sole ore, mentre cent'anni fa se ne impiegavano sedici e con una scialuppa a vapore! — esclamò il dottore.

— Abbiamo camminato colle invenzioni, mio caro zio — disse Holker. — Ah! ecco il pranzo.

Un sibilo acuto era sfuggito da una piccola fessura della mensola, poi una porticina si era aperta automaticamente all'estremità della lastra di metallo che si univa alla tavola e una piccola macchina, seguita da sei vagoncini di alluminio di forma cilindrica, s'avanzò, correndo su due incavi che servivano da rotaie.

— Il pranzo che manda l'albergo? — chiesero Toby e Brandok.

— Sì, signori, e con tutto il necessario. Come vedete è una cosa molto comoda che mi dispensa dall'avere una cuoca ed una cucina — rispose Holker.

Aprì il primo vagoncino che aveva una circonferenza di quaranta centimetri e una lunghezza uguale e levò dei bicchieri, delle posate, delle salviette e quattro bottiglie che dovevano contenere del vino o della birra. Dagli altri quattro estrasse successivamente dei piccoli recipienti contenenti del brodo ancora caldissimo, poi dei piatti con pasticci e vivande svariate, delle uova, dei liquori e così via. Tutto il necessario insomma per un pranzo abbondante.

Quand'ebbe terminato, premette un bottone, la porticina si aprì ed il minuscolo treno scomparve, retrocedendo colla velocità d'un lampo.

— Che cosa ne dite, signor Brandok? — chiese Holker.

— Che ai nostri tempi queste comodità mancavano assolutamente. E tornerà il treno?

— Certo, per riprendere le stoviglie.

— E come arriva qui?

— Per mezzo d'un tubo, e cammina mosso da una piccola pila elettrica, d'una potenza tale però che le imprime una velocità di quasi cento chilometri all'ora. Queste vivande non sono state rinchiuse nei loro recipienti che da qualche minuto; infatti vedete che fumano, anzi scottano.

— E l'albergatore come viene avvertito dal cliente di ciò che desidera?

— Per mezzo del telefono. Al mattino il mio servo trasmette all'Hôtel il menù per il pranzo e per la cena e le ore in cui desidero mangiare, ed il treno giunge con precisione matematica.

— Non tutti potranno permettersi un lusso simile — osservò il dottore Toby.

— Certo, — rispose Holker — ma quelli che non possono abbonarsi all'Hôtel se la sbrigano anche più presto.

— A mangiare forse, non certo a prepararsi il pranzo.

— Il lavoratore non fa più cucina in casa, non avendo tempo da perdere. Otto o dieci pillole, ed ecco inghiottito un buon brodo, il succo d'una mezza libbra di bue, o di pollo o di una libbra di maiale o di un paio d'uova, d'una tazza di caffè e così via. Cent'anni fa si perdeva troppo tempo; camminavate ed agivate colla lentezza delle tartarughe. Oggi invece si gareggia coll'elettricità. Mangiate, signori miei, o i cibi si raffredderanno. Una tazza di buon brodo, signor Brandok, prima di tutto, poi sceglierete quello che più vi piace. Vi avverto che è un pranzo a base di vegetali; ma queste pietanze non sono meno nutrienti, e non vi parranno meno saporite. Poi parleremo finchè vorrete.

IV - La luce ed il calore futuro

Il dottor Holker aveva detto la verità. Il brodo era squisitissimo, ma nessuna pietanza era di carne di bue, di maiale e di montone. Solo dei pesci: tutti gli altri piatti si componevano di vegetali, fra cui molti che erano assolutamente sconosciuti a Toby ed a Brandok. In compenso il vino era così eccellente che nè l'uno nè l'altro mai ne avevano gustato di simile.

— Signor Holker, — disse Brandok, che mangiava con un appetito invidiabile, come se si fosse svegliato solo da dieci o dodici ore — siete vegetariano voi?

— Perchè mi fate questa domanda? — chiese il lontano pronipote del dottore.

— Ai nostri tempi si parlava molto di vegetarianismo, specialmente in Germania ed in Inghilterra. Si vede che quella cucina ha fatto dei progressi.

— Perchè non trovate delle bistecche?

— Sì, e mi stupisce come i moderni americani abbiano rinunciato alle succose bistecche ed ai sanguinanti *roast beef*.

— Sono piatti diventati un po' rari, oggi, mio caro, e pel semplice motivo che i buoi ed i montoni sono quasi scomparsi.

— Ah!

— Ve ne stupite?

— Molto.

— Mio caro signore, la popolazione del globo in questi cento anni è enormemente cresciuta, e non esistono più praterie per nutrire le grandi mandrie che esistevano ai vostri tempi.

Tutti i terreni disponibili sono ora coltivati intensivamente per chiedere al suolo tutto quello che può dare. Se così non si fosse fatto, a quest'ora la popolazione del globo sarebbe alle prese colla fame. I grandi pascoli dell'Argentina e i nostri del Far-West non esistono più, ed i buoi ed i montoni a poco a poco sono quasi scomparsi, non rendendo le praterie in proporzione all'estensione. D'altronde non abbiamo più bisogno di carne al giorno d'oggi. I nostri chimici, in una semplice pillola dal peso di qualche grammo, fanno concentrare tutti gli elementi che prima si potevano ricavare da una buona libbra di ottimo bue.

— E l'agricoltura come va senza buoi?

— Anticaglie — disse Holker. — I nostri campagnoli non fanno uso che di macchine mosse dall'elettricità.

— Sicchè non vi sono più neanche cavalli?

— A che cosa potrebbero servire? Ce ne sono ancora alcuni, conservati più per curiosità che per altro.

— E gli eserciti non ne fanno più uso? — chiese il dottor Toby. — Ai nostri tempi tutte le nazioni ne avevano dei reggimenti.

— E che cosa ne facevano? — chiese Holker, con aria ironica.

— Se ne servivano nelle guerre.

— Eserciti! Cavalleria! Chi se ne ricorda ora?

— Non vi sono più eserciti? — chiesero ad una voce Toby e Brandok.

— Da sessant'anni sono scomparsi, dopo che la guerra ha ucciso la guerra, l'ultima battaglia combattuta per mare e per terra fra le nazioni americane ed europee è stata terribile, spaventevole, ed è costata milioni di vite umane, senza vantaggio nè per le une nè per le altre potenze. Il massacro è stato tale da decidere le diverse nazioni del mondo ad abolire per sempre le guerre. E poi non sarebbero più possibili. Oggi noi possediamo degli esplosivi capaci di far saltare una città di qualche milione di abitanti; delle macchine che sollevano delle montagne; possiamo sprigionare, colla semplice pressione del dito, una scintilla elettrica trasmissibile a centinaia di miglia di distanza e far scoppiare qualsiasi deposito di polvere. Una guerra, al giorno d'oggi, segnerebbe la fine dell'umanità. La scienza ha vinto ormai su tutto e su tutti.

— Eppure quest'oggi, appena svegliato, mi fu comunicata dal vostro giornale una notizia che smentirebbe quello che avete detto ora, mio caro nipote — disse Toby.

— Ah sì! La distruzione di Cadice da parte degli anarchici. Bazzecole! Ormai questi bricconi irrequieti saranno stati completamente distrutti dai pompieri di Malaga e di Alicante.

— Dai pompieri?

— Non abbiamo altre truppe al giorno d'oggi, e vi assicuro che sanno mantenere l'ordine in tutte le città e sedare qualunque tumulto. Mettono in batteria alcune pompe e rovesciano sui sediziosi torrenti d'acqua elettrizzata al massimo grado. Ogni goccia fulmina, e l'affare è sbrigato presto.

— Un mezzo un po' brutale, signor Holker, e anche inumano.

— Se non si facesse così, le nazioni si vedrebbero costrette ad avere delle truppe per mantenere l'ordine. E del resto siamo in troppi in questo mondo, e se non troviamo il mezzo d'invadere qualche pianeta, non so come se la caveranno i nostri pronipoti fra altri cent'anni, a meno che non tornino, come i nostri antenati, all'antropofagia. La produzione della terra e dei mari non basterebbe a nutrire tutti, e questo è il grave problema che turba e preoccupa gli scienziati. Ah! se si potesse dar la scalata a Marte che ha invece una popolazione così scarsa e tante terre ancora incolte!

— Come lo sapete voi? — chiese Toby, facendo un gesto di stupore.

— Dagli stessi martiani — rispose Holker.

— Dagli abitanti di quel pianeta! — esclamò Brandok.

— Ah, dimenticavo che ai vostri tempi non si era trovato ancora un mezzo per mettersi in relazione con quei bravi martiani.

— Scherzate?

— Ve lo dico sul serio, mio caro signor Brandok.

— Voi comunicate con loro?

— Ho anzi un carissimo amico lassù che mi dà spesso sue notizie.

— Come avete fatto a mettervi in relazione coi martiani?

— Ve lo dirò più tardi, quando avrete visitato la stazione elettrica di Brooklyn. Eh! Sono già quarant'anni che siamo in relazione coi martiani.

— È incredibile! — esclamò il dottor Toby. — Quali meravigliose scoperte avete fatto voi in questi cent'anni!

— Molte che vi faranno assai stupire, zio. Appena vi sarete completamente rimessi, vi proporrò di fare una corsa attraverso il mondo. In sette giorni saremo nuovamente a casa.

— Il giro del mondo in una settimana!...

— È naturale che ciò vi stupisca. Ai vostri tempi s'impiegavano quarantacinque o cinquanta giorni, se non m'inganno.

— E ci sembrava d'aver raggiunto la massima velocità.

— Delle tartarughe — disse Holker, ridendo. — Poi faremo anche una corsa al polo nord a visitare quella colonia.

— Si va anche al polo, ora?

— Bah!... è una semplice passeggiata.

— Avete trovato il mezzo di distruggere i ghiacci che lo circondano?...

— Niente affatto, anzi io credo che le calotte di ghiaccio che avvolgono i due confini della terra siano diventate più enormi di quello che erano cent'anni fa; eppure noi abbiamo trovato egualmente il mezzo di andare a visitarli e anche a popolarli. Vi abbiamo relegati là...

Un sibilo acuto che sfuggì da un foro aperto sopra una mensola che si trovava in un angolo della stanza, gl'interruppe la frase.

— Ah, ecco la mia corrispondenza che arriva — disse Holker, alzandosi.

— Un'altra meraviglia! — esclamarono Toby e Brandok alzandosi.

— Una cosa semplicissima — rispose Holker. — Guardate, amici miei.

Premette un bottone al disotto d'un quadro che rappresentava una battaglia navale. La figura scomparve, innalzandosi entro due scanalature, e lasciando un vano d'un mezzo metro quadrato. Dentro v'era un cilindro di metallo coperto di numeri segnati in nero, lungo sessanta o settanta centimetri, con una circonferenza di trenta o quaranta.

— Il mio numero d'abbonamento postale è il 1987 — disse Holker. — Eccolo qui, e in un piccolo scompartimento sono state collocate le mie lettere.

Mise un dito sul numero, s'aprì uno sportellino e trasse la sua corrispondenza, poi fece ridiscendere il quadro e premette un altro bottone.

— Ecco il cilindro ripartito — disse. — Va a distribuire la corrispondenza agli inquilini della casa.

— Come è giunto qui quel cilindro? — chiese Brandok.

— Per mezzo d'un tubo comunicante coll'ufficio postale più vicino, e rimorchiato da una piccola macchina elettrica.

— E come si ferma?

— Dietro il quadro vi è uno strumento destinato ad interrompere la corrente elettrica.

Appena il cilindro vi passa sopra, si ferma e non riparte se io prima non riattivo la corrente premendo quel bottone.

— Vi è un cilindro per ogni casa?

— Sì, signor Brandok; devo avvertirvi che le abitazioni moderne hanno venti o venticinque piani e che contengono dalle cinquecento alle mille famiglie.

— La popolazione d'uno dei nostri antichi sobborghi — disse il dottore. — Non ci sono dunque più case piccole?

— Il terreno è troppo prezioso oggidì, e quel lusso è stato bandito. Non si può sottrarre spazio all'agricoltura. Ma comincia a far buio; sarebbe tempo d'illuminare il mio salotto. Ai vostri tempi che cosa si accendeva alla sera?

— Gas, petrolio, luce elettrica — disse Brandok.

— Povera gente — disse Holker. — E come doveva costar cara allora l'illuminazione!

— Certo, signor Holker — disse Brandok. — Ora invece?

— Abbiamo quasi gratis la luce ed il calore.

Dal soffitto pendeva un'asta di ferro che finiva in una palla, composta d'un metallo azzurro.

Il signor Holker l'aprì facendola scorrere sopra l'asta e tosto una luce brillante, simile a quella che mandavano un tempo le lampade elettriche, si sprigionò, inondando il salotto.

Ciò che la produceva era una pallottolina appena visibile che si trovava infissa sotto la sfera, e la luce che tramandava, espandeva un dolce calore assai superiore a quello del gas.

— Che cos'è? — chiesero ad una voce Brandok e Toby.

— Un semplice pezzetto di radium — rispose Holker.

— Il radium! — esclamarono i due risuscitati.

— Si conosceva ai vostri tempi?

— L'avevano già scoperto — rispose Toby. — Ma non si usava ancora a causa dell'enorme suo costo. Un grammo non si poteva avere a meno di tre o quattromila lire. E poi non s'era potuto trovare ancora il modo di applicarlo, come avete fatto ora voi. Tutti però gli predicevano un grande avvenire.

— Quello che non hanno potuto fare i chimici del 1900 l'hanno fatto quelli del Duemila

disse Holker. — Quel pezzetto lì non vale che un dollaro e brucia sempre, senza mai consumarsi. È il fuoco eterno.

— Meraviglioso metallo!...

— Sì, meraviglioso, perchè oltre a darci la luce, ci dà anche il calore. Ha detronizzato il carbon fossile, la luce elettrica, il gas, il petrolio, le stufe ed i camini.

— Sicchè anche le vie sono illuminate con lampade a radium? — chiese Toby.

— E anche gli stabilimenti, le officine e così via.

— E nelle miniere di carbone non si lavora più?

— A che cosa servirebbe il carbone? Poi cominciavano già ad esaurirsi.

— La forza necessaria per far agire le macchine degli stabilimenti, chi ve la dà ora?

— L'elettricità trasportata ormai a distanze enormi. Le nostre cascate del Niagara, per esempio, fanno lavorare delle macchine che si trovano a mille miglia di distanza. Se noi volessimo, potremmo dare di quelle forze anche all'Europa, mandandole attraverso l'Atlantico. Ma anche laggiù hanno costruito delle cascate sui loro fiumi e non hanno più bisogno di noi.

— Amico James, — disse Toby — ti penti d'aver dormito cent'anni per poter vedere le meraviglie del Duemila?

— Oh no! — esclamò vivamente il giovane.

— Credevi di veder il mondo così progredito?

— Non mi aspettavo tanto.

— E il tuo *spleen*?

— Non lo provo più, tuttavia... non senti nulla tu?

— Sì, un'agitazione strana, un'irritazione inesplicabile del sistema nervoso — disse Toby. — Mi sembra che i muscoli ballino sotto la mia pelle.

— Anche a me — disse Brandok.

— Sapete da che cosa deriva? — chiese Holker.

— Non saprei indovinarlo — rispose Toby.

— Dall'immensa tensione elettrica che regna ormai in tutte le città del mondo ed a cui voi non siete ancora abituati. Cent'anni fa l'elettricità non aveva ancora raggiunto un grande sviluppo, mentre ora l'atmosfera ed il suolo ne sono saturi. Ma vi abituerete, ne son certo.

E per oggi basta. Andate a riposare e domani mattina faremo una corsa attraverso Nuova York sul mio *Condor*.

— È un'automobile? — chiese Brandok.

— Sì, ma di nuovo genere — rispose Holker, con un sorriso. — Cominceremo così il nostro viaggio attraverso il mondo.

V - A bordo del Condor

Era appena spuntata l'alba, quando Holker entrò nella stanza del suo antenato e del signor Brandok, gridando:

— In piedi miei cari amici!... Il mio *Condor* ci aspetta dinanzi alle finestre del salotto e l'hôtel ci ha già mandato il tè.

Non ci volevano che le parole — ci aspetta dinanzi alle finestre — per far balzare giù dal letto il dottore ed il suo compagno.

— L'automobile davanti alle finestre! — avevano esclamato, infilando i calzoni.

— Vi sorprendete?

— A che piano siamo? — chiese Brandok.

— Al diciannovesimo. Si respira meglio in alto ed i rumori della via giungono appena.

— Allora che automobile è la vostra, per salire a simile altezza?

— Lo vedrete; sbrigatevi, amici, perchè ho desiderio di condurvi stamane fino alle cascate del Niagara, per mostrarvi i colossali impianti elettrici che forniscono la forza a quasi tutti gli stabilimenti della Federazione. Prima andremo a vedere la stazione ultrapotente di Brooklyn, dovendo dare mie notizie al mio amico marziano. Quel brav'uomo deve essere un po' inquieto pel mio lungo silenzio e saprà con piacere la notizia della vostra risurrezione.

— Come! — esclamò Toby. — Tu lo avevi informato che un tuo antenato dormiva da cento anni?

— Sì, zio — rispose Holker. — Ci facciamo di tratto in tratto delle confidenze, perchè siamo legati da una profonda amicizia.

— Senza esservi mai veduti? — esclamò Brandok.

— Dietro alcune mie indicazioni avrà scarabocchiato il mio ritratto.

— E tu? — chiese Toby.

— Ho il suo.

— Come sono dunque gli abitanti di Marte? Somigliano a noi?

— Dalle descrizioni che abbiamo ricevuto da loro, non sono affatto simili a noi; tuttavia in fatto di civiltà e di scienza, sembra che non siano a noi inferiori. Figuratevi, zio, che hanno delle teste quattro volte più grosse delle nostre e che quindi, con un simile sviluppo di cervello, non devono essere più arretrati di noi.

— Ed il corpo?

— I martiani, da quanto abbiamo potuto comprendere, sono anfibi che rassomigliano alle foche, con braccia cortissime, che terminano con dieci dita, e piedi molto grandi e palmati.

— Dei veri mostri, insomma! — esclamò Toby, che ascoltava con viva curiosità quei particolari.

— Non sembra infatti che siano troppo belli — rispose Holker. — Ma andiamo a prendere il tè, o lo troveremo freddo. Riparleremo dei martiani e del loro pianeta quando saremo alla stazione ultrapotente di Brooklyn.

Lasciarono la stanza ed entrarono nel salotto. La piccola ferrovia con un solo vagoncino, stava ferma all'estremità della piastra di metallo. Non fu però quella che attrasse l'attenzione di Brandok e del dottore, bensì un'ombra gigantesca che si agitava dinanzi alle due ampie finestre.

— Che cos'è? — chiesero, slanciandosi innanzi.

— Il mio *Condor* — rispose tranquillamente Holker.

— Un pallone dirigibile? — chiese.

— No, signori, una macchina volante che funziona perfettamente, dotata d'una velocità straordinaria, tale da poter gareggiare colle rondini ed i colombi viaggiatori. Ve n'erano ai vostri tempi?

— Qualche pallone dirigibile, sempre pericoloso — disse Toby.

— E siccome i palloni causavano troppe disgrazie, noi da cinquant'anni abbiamo abbandonato l'idrogeno per le ali. Prendiamo il tè, poi avrete il tempo di osservare il mio *Condor* e di vederlo manovrare.

Strappò quasi per forza il dottore e Brandok dalle finestre e trasse dal vagoncino le tazze, la salvietta ed il recipiente contenente la profumata bevanda, nonchè dei biscotti.

— Non siate troppo impazienti — disse. — Bisogna vedere le cose una alla volta o vi affaticherete troppo. Il tempo non ci manca.

Bevettero il tè, bagnandovi qualche biscotto, poi Holker salì sul davanzale che era molto basso e mise i piedi sulla piattaforma della macchina volante su cui erano state collocate quattro comode poltroncine.

Harry, il negro gigante, stava dietro alla macchina, tenendo le mani su una piccola ruota che faceva agire due immensi timoni di forma triangolare, costruiti con una specie di tela lucidissima, montati sopra una leggera armatura di metallo.

Brandok e Toby si erano appena seduti, che il *Condor* s'innalzò subito obliquamente fino al di sopra delle immense case, descrivendo una serie di giri d'una precisione ammirabile.

Quella macchina, inventata dagli scienziati del Duemila, era davvero stupefacente e, quello che è più, d'una semplicità straordinaria.

Non si componeva che di una piattaforma di metallo che pareva più leggero dell'alluminio, con quattro ali e due eliche collocate le une lateralmente alle altre, tutte di tela, con stecche d'acciaio e una piccola macchina che le faceva agire.

Il gas, come si vede, non vi entrava per nulla; la meccanica aveva trionfato sui palloni dirigibili del secolo precedente.

Toby ed il suo compagno guardavano con stupore quel congegno straordinario che si alzava e si abbassava e girava e rigirava come fosse un vero uccello.

Altri consimili ne volavano in gran numero sopra i tetti dei palazzi, gareggiando in velocità, per la maggior parte montati da signore che ridevano allegramente, e da fanciulli schiamazzanti.

Ve n'erano di tutte le dimensioni: di grandissimi che portavano perfino venti persone, e di piccolissimi, appena sufficienti per due; ed altri formati da sole due ali somiglianti a quelle dei pipistrelli, che reggevano una poltroncina montata da una sola persona e che pure manovravano con non minore precisione e rapidità degli altri.

In alto, in basso, s'incrociavano saluti e chiamate, poi la flottiglia aerea si disperdeva in tutte le direzioni, calando sulle vie, sulle piazze, sulle immense terrazze delle case o fermandosi dinanzi alle finestre od ai poggioli per imbarcare nuove persone. Brandok e Toby erano diventati muti, come se lo stupore avesse paralizzato loro la lingua.

— Non dite nulla, dunque? — chiese finalmente Holker. — Avete perduta la favella?

— Io mi domando se sto sognando — disse Brandok. — È impossibile che tutto ciò sia realtà.

— Mio caro Brandok, siamo nel Duemila.

— Tutto quello che vorrete; eppure stento a persuadermi che il mondo, in soli cent'anni, sia così progredito. Trasformare gli uomini in uccelli! È incredibile!

— E non vi è pericolo che queste macchine volanti cadano? — chiese Toby.

— Qualche volta succedono degli scontri; le ali si spezzano, le eliche si lacerano e allora guai a chi cade: eppure chi ci bada? Forse che ai vostri tempi non s'urtavano le vecchie ferrovie e le navi? Sono incidenti che non commuovono nessuno.

— Che macchine sono quelle che fanno agire le ali?

— Macchine elettriche di grande potenza. Come vi ho detto, in questi cent'anni l'elettricità ha fatto dei progressi stupefacenti.

— E quale velocità potete imprimere a queste navi volanti?

— Anche 150 chilometri all'ora.

— Sicchè avete abolito i treni ferroviari? — chiese Brandok.

— Oh no, mio caro signore, non son più quelli che si usavano ai vostri tempi, troppo lenti per noi, ma ne abbiamo ancora moltissimi. Capirete che queste macchine volanti non si possono caricare soverchiamente. Non servono che per divertirsi o per compiere delle piccole corse di piacere. E pei lunghi viaggi attraverso gli oceani anche — proseguì Holker.

— Noi abbiamo dei veri vascelli aerei, che partono regolarmente da tutti i porti dell'Atlantico e del Pacifico e che in trentasei ore vi sbarcano in Inghilterra, ed in quaranta nel Giappone o nella Cina o nell'Australia.

— Non vi sono più navi sui mari?

— Oh sì, ne abbiamo ancora; ma non sono più quelle che si usavano nel secolo scorso. Ne vedrete molte quando attraverseremo l'Atlantico. Ho pensato anzi di lasciare alle cascate del Niagara il mio *Condor* e di condurvi a Quebec colla ferrovia canadese, per imbarcarvi poi di là per l'Europa.

— Mio caro nipote, — disse Toby — tu trascuri i tuoi affari; suppongo che avrai qualche occupazione.

— Sono medico nel grande ospedale di Brooklyn; per ora non si ha bisogno di me, avendo io due mesi di vacanza.

— Anche tu dottore! — esclamò Toby.

— Che farà una ben meschina figura dinanzi all'uomo che ha fatto una così grande scoperta.

— Ne sarai l'erede — disse Toby.

In quel momento il *Condor* si abbassò bruscamente su una vasta piazza brulicante di gente che pareva impazzita.

— Che cosa accade laggiù? — chiese Brandok, che si era curvato sul parapetto della piattaforma.

— È la piazza della Borsa — rispose Holker.

— Sembra che quegli uomini abbiano il fuoco addosso. Vanno e vengono quasi correndo.

— E anche la gente che si affolla nelle vie vicine pare che cammini sui tizzoni — disse Toby.

— Eppure non saranno borsisti quelli là.

— Camminavano diversamente cent'anni fa? — chiese Holker, con una certa sorpresa.

— Erano molto più calmi gli uomini, mentre ora vedo che perfino le signore marciano a passo di corsa, come se avessero paura di perdere il treno.

— Io ho sempre veduto, da quando son venuto al mondo, correre così frettolosamente.

— Ah! Ora comprendo, — disse Toby. — È la grande tensione elettrica che agisce sui loro nervi.

Il mondo è impazzito o quasi.

— Harry, — disse Holker — muovi verso Brooklyn.

Il *Condor* s'alzò d'un centinaio di metri e si slanciò verso l'est con una velocità di cinquanta chilometri all'ora.

Vie immense apparivano sotto agli aeronauti, se così si potevano chiamare, fiancheggiate da palazzi mostruosi di venti, venticinque e perfino di trenta piani, che dovevano contenere migliaia di famiglie ciascuno, la popolazione di un villaggio. Mille fragori salivano fino agli orecchi dei due risuscitati, prodotti chissà da quali macchine gigantesche: fischi, colpi formidabili, detonazioni, scoppi, e si vedevano, lungo le pareti e sulla cima di colonne di ferro, roteare con velocità straordinaria delle macchine volanti di dimensioni mai viste.

— Che cosa fanno laggiù? — chiese Brandok.

— Sono officine meccaniche — rispose Holker.

— Chissà quante migliaia di operai lavoreranno là dentro!

— Vi ingannate, mio caro signore; gli operai oggidì sono quasi scomparsi. Non vi sono che dei meccanici per dirigere le macchine. L'elettricità ha ucciso il lavoratore.

— Cosa è avvenuto di quelle masse enormi di lavoratori che esistevano un tempo?

— Sono diventati pescatori ed agricoltori; il mare e le campagne a poco a poco hanno assorbito gli operai.

— Sicchè non vi saranno più scioperi?

— È una parola sconosciuta.

— Ai nostri tempi si imponevano, e come! Specialmente dopo l'organizzazione fatta dal grande partito socialista. Che cosa è avvenuto anzi del socialismo? Si prediceva un grande avvenire a quel partito.

— È scomparso dopo una serie di esperimenti che hanno scontentato tutti e contentato nessuno. Era una bella utopia che in pratica non poteva dare alcun risultato, risolvendosi infine in una specie di schiavitù. Così siamo tornati all'antico, e oggidì vi sono poveri e ricchi, padroni e dipendenti come era migliaia d'anni prima, e come è sempre stato dacchè il mondo cominciò a popolarsi. Qualche colonia tedesca e russa sussiste nondimeno ancora, composta da vecchi socialisti che coltivano in comune alcune plaghe della Patagonia e della Terra del Fuoco, ma nessuno si occupa di loro, nè hanno alcuna importanza, anzi, vanno scomparendo poco a poco.

— Il ponte di Brooklyn! — esclamò Brandok. — Lo riconosco ancora. Ha dunque resistito fino ad oggi?

— Già, sono più di centoventi anni che è lì. Gl'ingegneri dei vostri tempi erano buoni costruttori — disse Holker.

— Come è diventato immenso quel sobborgo! — esclamò il dottore guardando con ammirazione la distesa di palazzi immensi che si estendeva a perdita d'occhio.

— Quattro milioni di abitanti — disse Holker. — Ormai gareggia con Nuova York.

— E Londra che cosa sarà mai?

— Una città di dodici milioni.

— E Parigi?

— Una metropoli sterminata, più grossa ancora. Harry, va diritto alla stazione ultrapotente.

Il *Condor*, oltrepassato il ponte, aveva affrettato il volo.

Anche di sopra all'antico sobborgo di Nuova York si vedevano volteggiare un gran numero di macchine volanti, cariche di persone che si dirigevano per lo più verso l'Hudson o verso il mare.

Il *Condor*, dopo essere passato sopra la città, si diresse verso una piccola altura su cui si vedeva ergersi una torre immensa munita sulla cima di un'antenna smisurata, che pareva un cannone mostruoso minacciante il cielo.

— La stazione ultrapotente — disse Holker. — Vedete là a fianco della torre anche un tubo lucente, di dimensioni pure enormi?

— Sì, e cos'è? — chiese Toby.

— È il più grande cannocchiale che esista al mondo.

— Deve essere immenso.

— È lungo centocinquanta metri, signori miei, una vera meraviglia che permette di vedere la luna ad un solo metro di distanza.

— Sicchè voi avete realizzato l'antico sogno dei nostri astronomi.

— Ah! Anche i vostri scienziati hanno tentato di avvicinare di tanto il nostro satellite?

— Sì, nipote mio, — rispose Toby — e senza riuscirvi. Sicchè ora la luna è ormai conosciuta minutamente?

— Conosciamo anche le sue più piccole rocce.

— È popolata?

— È un corpo spento, senz'aria, senz'acqua, senza vegetazione e senza abitanti.

— Già, anche i nostri astronomi l'avevano supposta così.

— E Marte a quanta distanza lo vedete col vostro cannocchiale? — chiese Brandok.

— A soli trecento metri.

— Che meraviglie!

— Adagio, Harry, scendi piano.

Il *Condor* aveva superata una vasta cinta che circondava la stazione e scendeva dolcemente, descrivendo delle curve allungate.

Alle otto del mattino s'adagiava a trenta metri dall'enorme telescopio.

VI - I Martiani

Un uomo sulla sessantina, che aveva una testa ancor più grossa del signor Holker ed il viso completamente rasato, era uscito dall'immensa torre che s'innalzava nel centro della cinta e si era affrettato ad andare incontro ai visitatori, dicendo: — Buon giorno, dottore; è un po' di tempo che non vi si vede qui.

— Buon giorno, signor Hibert — aveva risposto Holker. — Vi conduco due miei amici giunti ieri dall'Inghilterra e che sono curiosi di visitare la vostra stazione e di avere notizie dei martiani.

— Siano i benvenuti — rispose il signor Hibert, stringendo la mano agli ospiti. — Sono a loro disposizione.

— Il più grande astronomo d'America — disse Holker, dopo la presentazione. — La gloria di aver messa in comunicazione la terra con Marte la dobbiamo a lui.

— Credevo che fossero stati gli scienziati europei — disse Toby. — So che se ne occupavano molto, un tempo.

— L'America li ha preceduti — disse Holker.

— Sarei curioso di sapere come siete riuscito a dare a quei lontani abitanti notizie della terra.

Dovete aver superate delle difficoltà immense.

— Eppure, che cosa direste se io vi raccontassi che l'idea di fare dei segnali a noi, nacque prima nel cervello dei martiani? — disse l'astronomo.

— Mi pare impossibile! — esclamò Brandok.

— Eppure è precisamente così, mio caro signore. Già da molti lustri, anzi fin dal 1900 e anche prima, i nostri vecchi astronomi e anche quelli europei, specialmente l'italiano Schiaparelli, avevano notato che su quel pianeta apparivano di quando in quando, specialmente dopo il ritiro delle acque che ogni anno invadono quelle terre, delle immense linee di fuoco che si estendevano per migliaia di chilometri.

— Me ne ricordo — disse il dottor Toby. — L'ho già letto su una vecchia collezione di giornali del 1900 che conservo in casa mia. Si credeva allora che quei fuochi fossero segnali fattici dagli abitanti di Marte.

— In questo secolo i nostri astronomi, vedendo che quelle linee di fuoco si ripetevano con maggior frequenza e che descrivevano per lo più una forma rassomigliante ad una — J — mostruosa, supposero che fossero veramente segnali e decisero di provare a rispondere. Fu nel 1940 che si fece il primo esperimento nelle immense pianure del Far-West.

Duecentomila uomini furono disseminati in modo da formare pure una — J — e duecentomila fuochi furono accesi durante una notte scurissima. Ventiquattr'ore dopo lo stesso segnale appariva pure su uno degli immensi canali del pianeta marziano. Si pensò allora, per meglio accertare che si rispondeva a noi, di ripetere l'esperimento cambiando però la forma del segnale e fu scelta la lettera — Z — . Venti notti dopo, i martiani rispondevano con una lingua di fuoco della stessa forma. Il dubbio ormai non poteva più sussistere. I martiani, chissà da quanto tempo, cercavano di mettersi in relazione con noi. Per un mese furono continuate le prove, cambiando sempre lettera e con crescente successo.

— Non potevate però comprendervi — disse Toby.

— Sarebbe stato necessario che avessero avuto un alfabeto eguale al nostro, e poi quel mezzo sarebbe stato molto costoso. Nacque allora nella mente degli scienziati l'idea di mandare lassù un'onda herziana, nella speranza che anche i martiani avessero uno strumento ricevitore. A spese dei vari governi americani fu innalzata questa torre d'acciaio, che fu spinta fino a quattrocento metri e piantata sulla cima una stazione ultrapotente di telegrafia senza fili.

— Una invenzione non moderna la telegrafia aerea — disse Brandok.

— È vero che si conosceva fin dai primi anni dello scorso secolo, e che fu perfezionata dalle scoperte di un bravo scienziato italiano, il signor Marconi; ma allora non aveva la potenza d'oggi. I nostri strumenti, perfezionati da molti scienziati, hanno raggiunto una tale forza che noi potremmo corrispondere anche col sole, se lassù vi fossero degli abitanti e dei ricevitori elettrici. Per molti mesi lanciammo onde elettriche senza alcun risultato; un giorno, con nostra grande meraviglia, udimmo i segnalatori suonare, erano i martiani che finalmente ci rispondevano.

— Quel popolo ha fatto anche da parte sua delle meravigliose scoperte! — esclamò Toby.

— Noi abbiamo i nostri motivi per credere che siano molto più avanti di noi. Dapprima i segnali furono confusi e ci riuscì impossibile intenderci. A poco a poco però fu combinato un cifrario speciale che i martiani dopo un paio d'anni riuscirono a comprendere ed ora corrispondiamo perfettamente bene e ci comunichiamo le notizie che avvengono sia quaggiù che lassù.

— Stupefacente! — esclamarono ad una voce Brandok e Toby.

— Ve lo avevo detto — disse Holker.

— Ditemi, signor Hibert: Marte assomiglia alla nostra terra?...

— Un po', avendo terra e acqua al pari del nostro globo. Le sue condizioni fisiche sono invece molto differenti. I mari di quel pianeta non occupano nemmeno la metà dell'estensione totale di quel globo; il calore che riceve dal sole è mediocre, essendo la distanza da esso maggiore di quella della terra. L'anno è due volte più lungo ossia conta 687 giorni.

— E l'aria è uguale alla nostra?

— È più leggera, cosicchè l'atmosfera lassù è più pura, non si formano nubi, non si scatenano tempeste, i venti mancano quasi del tutto e le piogge sono sconosciute.

— E l'acqua?...

— È analoga a quella della terra e ciò si sapeva anche prima, somigliando le nevi accumulate ai due poli di Marte alle nostre. Però l'acqua non dà luogo a evaporazione sensibile, quindi niente piogge.

— Allora mancherà la vegetazione su Marte?

— Niente affatto, mio caro signore: vi sono piantagioni e foreste splendide che nulla hanno da invidiare al nostro globo.

— E chi le innaffia se non piove? — chiese Brandok.

— La natura ha provveduto egualmente — disse l'astronomo. — Non circolando l'acqua con un sistema di nubi, di piogge e di sorgenti come da noi, vi hanno riparato le nevi condensate nelle regioni polari. Ogni sei mesi, verso l'epoca dell'equinozio, si fondono e producono delle inondazioni sopra immense estensioni di centinaia di migliaia di chilometri. Le acque regolate da una serie di canali, costruiti da quegli abitanti, scorrono e s'inoltrano attraverso i continenti, fertilizzando le terre e bagnando le pianure. Cessata la fusione, le acque si ritirano fuggendo per gli stessi canali e lasciando nuovamente allo scoperto le terre.

— I grandi canali dunque che gli scienziati dello scorso secolo avevano già segnalato, sono opera dei martiani? — disse Toby.

— Sì — rispose l'astronomo. — Sono lavori imponenti, colossali, avendo taluni una larghezza di cento e più chilometri.

— E noi andavamo orgogliosi delle opere degli antichi egiziani!

— Signor Hibert, — disse Holker — conduceteci sulla torre. Devo mandare un saluto al mio amico Onix.

— È il tuo marziano? — chiese Toby.

— Che cosa fa quell'uomo, o meglio quell'anfibio? — chiese Brandok.

— È un mercante di pesce che si duole sempre di non potermi fare assaggiare le gigantesche anguille che i suoi pescatori prendono nel canale d'Eg.

— Dunque lassù vi sono padroni e lavoratori?

— Come sul nostro globo.

— Anche dei re?

— Dei capi che governano le diverse tribù disperse sui continenti.

— Tutto il mondo è paese.

— Pare di sì — disse Holker, ridendo.

— Venite, signori — disse l'astronomo. — La macchina è pronta a portarci lassù, fino alla piattaforma.

Girarono attorno alla colossale torre guardandola con profonda ammirazione. Che meschina figura avrebbe fatto la torre Eiffel costruita venticinque lustri prima a Parigi, e che pure, in quella lontana epoca, aveva meravigliato il mondo intero per la sua altezza! Questa era un tubo mostruoso, di quattrocento metri d'altezza con un diametro di centocinquanta alla base, costruito parte in acciaio e parte in vetro, munito all'esterno d'una cornice che saliva a spirale, larga tanto da permettere il passaggio ad un vagoncino contenente otto persone.

Era di forma rotonda, come quella dei fari, e certo d'una resistenza tale da sfidare i più poderosi cicloni dell'Atlantico.

Toby, Brandok, l'astronomo e Holker presero posto nel vagoncino, il quale cominciò a salire con velocità vertiginosa, girando intorno alla torre, mentre i vetri, che pareva si agitassero meccanicamente, davano ai viaggiatori l'illusione di salire intorno ad un colossale tubo di cristallo.

Due minuti dopo il vagoncino si fermava automaticamente sulla piattaforma della torre, dinanzi all'immensa antenna d'acciaio che doveva sostenere gli apparecchi della telegrafia aerea.

— Rassomiglia questa stazione, più in grande, a quella che il signor Marconi cent'anni fa aveva piantata al Capo Bretone — mormorò Toby agli orecchi di Brandok. — Ti ricordi che l'avevamo visitata insieme?

— Sì, ma quale potenza sono riusciti a dare ora alle onde elettriche — rispose il giovine. — Ah! quante meraviglie! quante... Toby! mi riprende il fremito dei muscoli.

— È l'elettricità.

— Che non soffrano di quest'agitazione gli uomini di oggi?

— Essi son nati e cresciuti in mezzo alla grande tensione elettrica, mentre noi siamo persone di un'altra epoca. Ciò mi preoccupa, amico James, non te lo nascondo.

— Perchè?

— Non so se potremo farci l'abitudine.

— Che cosa temi?

— Nulla per ora, tuttavia... provi lo *spleen*?

— Finora no — rispose Brandok. — Come sarebbe possibile annoiarsi con tante meraviglie da vedere? Questa è una seconda esistenza per noi.

— Meglio così.

Mentre si scambiavano queste parole, il direttore aveva lanciato già parecchie onde elettriche agli abitanti di Marte.

Ci vollero ben quindici minuti prima che la suoneria elettrica annunciasse la prima risposta, che era un saluto dell'amico di Holker.

— Si vede che quel brav'uomo si trovava alla stazione telegrafica — disse il nipote di Toby.

— Certo aspettava mie notizie.

— Signor Hibert, riuscirete un giorno a dare la scalata a Marte?

— Io credo che ormai non vi sia più nulla d'impossibile — rispose con grande serietà l'astronomo.

— Da due anni gli scienziati dei due mondi si occupano di questa grande questione per dare uno sfogo alla crescente popolazione della terra. Abbiamo oggi degli esplosivi mille volte più formidabili della polvere e della dinamite che si usava anticamente.

— Anticamente! — esclamò Brandok, quasi scandalizzato.

— Per modo di dire — disse l'astronomo. — Può darsi che un giorno si riesca a lanciare fra i martiani qualche bomba mostruosa piena di abitanti terrestri. Non si sa cosa ci riserba l'avvenire. Scendiamo e venite a vedere il mio telescopio che è il più grande che sia stato finora costruito.

Risalirono sul vagoncino ed in mezzo minuto si trovarono alla base della torre. Lì vicino si ergeva il mostruoso cannocchiale.

Consisteva in un enorme tubo di lamiera d'acciaio, lungo centocinquanta metri con un diametro di cinque, pesante ottantamila chilogrammi e fissato su due enormi pilastri di pietra.

— Un cannone colossale! — esclamò Brandok. — Come fate a muovere questo mostro?

— Non ve n'è bisogno, — rispose l'astronomo — anzi è fisso.

— Allora non potete osservare che una sola porzione del cielo — osservò Toby.

— V'ingannate, caro signore. Guardate attentamente lassù e vedrete dinanzi all'obbiettivo, nel prolungamento dell'asse, uno specchio che è mobile ed è destinato a rinviare le immagini degli astri nell'asse del telescopio. Quello specchio è mosso da un movimento d'orologeria regolato in modo da procedere in senso contrario al moto della Terra, così che l'astro che si vuole osservare resta costantemente nel campo del cannocchiale come se il nostro pianeta fosse completamente immobile.

— Che meravigliose invenzioni! — mormorò il dottore. — Che cosa sono in confronto quelle di cui si vantavano tanto gli scienziati francesi nel secolo scorso? — disse Brandok.

— Volete parlare del grande telescopio di Parigi? Sì, per molti anni fu ritenuto una meraviglia, — disse l'astronomo — quello però non avvicinava la luna che a soli centoventotto chilometri, ed era già molto per quei tempi. Non poteva avvicinarla di più, essendo la luna distante da noi 384.000 chilometri. Ora noi l'avviciniamo ad un metro.

— Amici, — disse Holker — partiamo o faremo colazione troppo tardi. Le cascate sono un po' lontane.

— Andate a visitare quelle del Niagara? — chiese l'astronomo.

— Sì — rispose Holker.

Strinsero la mano allo scienziato, salirono sul *Condor* e pochi istanti dopo sfilavano sopra Brooklyn, dirigendosi verso il nord-est.

VII - Le cascate del Niagara

I palazzoni enormi come a Nuova York, contenenti centinaia di famiglie si succedevano senza interruzione e anche nelle vie dell'antico sobborgo della capitale dello stato regnava un'animazione straordinaria, febbrile.

I brooklynesi parevano pure impazziti e correvano, piuttosto che camminare, come se avessero addosso il diavolo e l'argento vivo nelle vene.

La tensione elettrica produceva i medesimi effetti anche sugli abitanti del sobborgo.

Quello che colpiva sempre i risuscitati era la mancanza assoluta dei cavalli e delle carrozze; perfino le automobili erano quasi scomparse, non vedendosene che qualcuna.

Il *Condor* stava attraversando una vasta piazza, quando l'attenzione di Brandok fu attirata dal passaggio di quattro mostruosi animali montati ognuno da un uomo.

— Oh bella! — esclamò. — Degli elefanti!

— Dove? — chiese Holker.

— Laggiù, guardateli.

— Saranno poi proprio degli elefanti in carne ed ossa? — chiese il pronipote del dottore, guardandoli un po' ironicamente. — Sospetto che voi v'inganniate, signor Brandok.

— Non sono cieco, signor Holker.

— E nemmeno io — disse Toby. — Sono dei veri elefanti.

— Sono degli spazzini di acciaio, signori miei, — disse Holker, ridendo.

— Qualche nuova invenzione! — esclamarono Toby e Brandok.

— E non meno utile delle altre, — disse Holker — e anche molto economica, perchè così il comune può fare a meno d'un esercito di spazzini. D'altronde quel mestiere era indegno degli uomini.

— Quegli animali sono spazzini? — esclamò Brandok, che stentava a credere alle parole di Holker.

— E come funzionano bene! Essi eseguono la pulizia delle vie e delle piazze per mezzo della proboscide, che è composta di un centinaio di tubi d'acciaio, rientranti l'uno nell'altro in modo da dare ad essa un'agilità straordinaria. Nella testa invece vi è un potente apparato aspirante, mentre il motore, che è elettrico, si nasconde nei fianchi dell'animale. Quando il conduttore che, come vedete, si trova a cavalcioni del collo, come i cornac indiani, scorge delle immondizie sulla via, preme una leva collocata a portata della sua mano, la quale dirige i movimenti della tromba e dell'apparato aspirante. La proboscide allora s'allunga verso l'oggetto da raccogliere e l'apparato si mette in azione. Ne segue quindi un'aspirazione violenta a cui nulla resiste, di modo che pietre, cenci, pezzi di carta, torsoli, immondizie d'ogni sorta vanno ad inabissarsi nel corpo dell'elefante spazzino. Non resta poi che andare a scaricare la raccolta. Come vedete la cosa è semplicissima.

— Stupefacente invece — disse Brandok. — Che progresso meccanico!

— Harry, accresci la velocità — disse Holker.

Brooklyn spariva rapidamente fra le nebbie dell'orizzonte ed il *Condor* volava sopra bellissime campagne coltivate con grande cura, in mezzo alle quali si vedevano correre delle strane macchine agricole di proporzioni gigantesche. Gli alberi erano rari; le piante basse, invece, infinite. A che cosa infatti sarebbe dovuto servire il legname dal momento che gli abitanti del globo avevano il radium per scaldarsi negli inverni e non costruivano che col ferro e coll'acciaio? Si vedeva che tutto avevano sacrificato per non correre il pericolo di trovarsi ben presto alle prese colla fame, dato l'immenso e rapido aumento della popolazione.

Alle nove del mattino il *Condor*, dopo essere passato in vista di Patterson, diventata anche quella una città immensa, entrava nello stato della Pennsylvania alla velocità di centododici chilometri all'ora.

— Signor Holker, — disse Brandok. — C'è una cosa che non riesco a spiegarmi.

— Quale?

— Ai nostri tempi questi territori erano coperti da linee ferroviarie, mentre ora non riesco a scorgerne una.

— Eppure in questo momento passiamo sopra una delle più importanti linee. È quella che unisce Patterson a Quebec.

— Io non la vedo.

— Perchè al giorno d'oggi le ferrovie non scorrono più sopra il suolo, bensì sotto.

Diversamente l'aria sfuggirebbe. Guardate là; non scorgete una casa sormontata da un albero che non è altro che un segnalatore e trasmettitore elettrico della telegrafia aerea?...

— La scorgo.

— È una stazione.

— E la ferrovia?

— Vi passa sotto.

— Mi avete parlato d'aria; cosa c'entra colle ferrovie?

— Lo saprete quando prenderemo il treno che ci porterà a Quebec. Ah! ecco l'omnibus che va a Scranton.

Un'enorme macchina aerea, fornita di sei paia d'ali immense e di eliche smisurate, con una piattaforma di venti metri di lunghezza, carica di persone, s'avanzava con velocità vertiginosa, tenendosi a cento metri dal suolo.

— Magnifico! — esclamò il dottore. — Chi sono?

— Contadini che portano i loro prodotti a Scranton

— Come sono bruni! Si direbbero indiani — disse Bran-dok. — A proposito, che cosa è avvenuto dei pellirosse che erano ancora assai numerosi cent'anni fa?

— Sono stati completamente assorbiti dalla nostra razza e si sono del tutto fusi con noi. Non esistono ormai che poche centinaia di famiglie, confinate nell'alto Yucon e presso il circolo polare.

— Era la sorte che loro spettava — disse il dottore. — E dei negri, che erano numerosissimi anche qui?

— Sono diventati invece spaventosamente numerosi — rispose Holker. — Hanno buon sangue, gli africani e non si lasciano assorbire, e così pure gli uomini di razza gialla.

— C'è ancora la Cina?

— La Cina, sì; ma non l'impero — rispose Holker, ridendo. — È stato smembrato dalle grandi potenze europee ed a tempo per impedire una spaventevole invasione. La razza cinese, in questi cento anni, è raddoppiata e, senza il pronto intervento dei bianchi, spinta dalla fame non avrebbe tardato a rovesciarsi sull'Europa e sull'India. Hanno tuttavia invaso buona parte del globo, non come conquistatori, ma come emigranti e si trovano oggidì colonie cinesi perfino nel centro dell'Africa e dell'Australia.

— Ed i malesi?

— È un'altra razza che non esiste più. Ormai al mondo non ci sono più che bianchi, gialli e negri, che tentano di sopraffarsi; e finora sono i secondi che hanno maggiore probabilità di vittoria essendo spaventevolmente prolifici. Noi corriamo il grave pericolo di venire a nostra volta assaliti dalle altre due razze.

— Dunque il mondo minaccia di divenire tutto giallo — disse Toby.

— Purtroppo, zio — rispose Holker. — Ai vostri tempi a quanto ascendeva la popolazione del globo?

— A circa millecinquecento milioni, e l'elemento mongolo vi figurava con circa seicento milioni.

— La popolazione attuale è invece di due miliardi e duecento milioni ed i gialli da seicento milioni sono saliti ad un miliardo e cento milioni.

— Che aumento! — esclamò il dottore. — Ed i bianchi quanti sono dunque?

— Raggiungono appena i seicento milioni.

— Un aumento non troppo sensibile.

— E lo dobbiamo alle razze nordiche.

— E le razze latine?

— La sola Italia è cresciuta e rapidamente, perchè ha i suoi cinquanta milioni, mentre la Spagna, e soprattutto la Francia, sono rimaste quasi stazionarie. Se non vi fosse L'Italia, la razza latina a quest'ora sarebbe stata assorbita dagli anglosassoni e dagli slavi. Ecco là in fondo Ulmina; stiamo rientrando nello stato di Nuova York, e fra due ore saremo alle cascate.

Il *Condor*, che procedeva sempre colla velocità di centodieci chilometri, rientrava infatti nello stato di Nuova York, passando in vista di Ulmina, città cento anni prima di modeste proporzioni ed ora diventata vastissima.

Modificò un po' la direzione e s'avviò verso Buffalo, passando sopra campagne sempre coltivate con grande accuratezza.

Alle undici il *Condor* si librava in vista del Niagara, quell'ampio fiume che mette in comunicazione due dei più grandi laghi dell'America settentrionale, l'Ontario e l'Erie.

L'immensa cascata non si scorgeva ancora; si udiva invece il rombo dell'enorme massa d'acqua.

Da qualche minuto una viva eccitazione si era impadronita di Toby e Brandok.

I loro muscoli sussultavano, le loro membra tremavano e, lisciandosi i capelli, facevano sprigionare delle scintille elettriche.

— Quanta elettricità regna qui — disse Toby. — L'aria ne è satura.

— Provi un certo malessere, James?

— Sì — rispose il giovane. — Non saprei resistere a lungo a questa tensione che mi fa scattare.

— E tu, nipote?

— Io non provo assolutamente nulla — rispose Holker. — Noi ci siamo ormai abituati.

— Non so se noi ci riusciremo — disse Toby, che pareva assai preoccupato. — Noi siamo persone d'un altro secolo.

— Io spero di sì — rispose Holker. — Ah! Ecco le cascate!

Il *Condor* dopo aver superato una collina che impediva la visuale, con una rapida volata era giunto sopra le famose cascate, librandosi fra una immensa nuvola d'acqua polverizzata, in mezzo a cui spiccava un superbo arcobaleno.

L'immensa massa d'acqua si rovesciava nel fiume sottostante, con un fragore assordante, mettendo in moto un numero infinito di ruote gigantesche, costruite tutte in acciaio, destinate a trasmettere la forza a tutte le macchine elettriche della Federazione Americana.

Lo spettacolo era spaventevole e nel medesimo tempo sublime.

In quei cent'anni, delle notevoli modificazioni erano avvenute nella cascata. Le rocce che dapprima la dividevano erano scomparse, e l'acqua si precipitava ormai senza intoppi, facendo girare vertiginosamente le ruote. Un numero infinito di grossi fili d'acciaio, destinati a portare a grandi distanze e suddividere la forza della cascata, si diramavano in tutte le direzioni.

— Ecco la grande officina elettrica degli Stati Uniti, — disse Holker — che mette in moto, senza un chilogrammo di carbon fossile, migliaia e migliaia di macchine. Quest'acqua ha fatto abbandonare tutte le miniere di combustibile.

— Quale forza enorme deve produrre! — esclamò il dottore.

— Se l'Europa ne volesse, potremmo cedergliene una buona parte — rispose Holker.

— E quale modificazione ha subita la cascata! — disse Brandok.

— E si modificherà ancora — rispose Holker. — I nostri scienziati hanno già accertato che per giungere al punto attuale ha dovuto cambiare quattro volte. Nel primo periodo, che sarebbe durato 17.000 anni, la quantità d'acqua era di un terzo minore del volume attuale e con una caduta di soli sessanta metri ed una larghezza di 3 chilometri. Nel secondo, il fiume fu diviso in tre cascate di centoventotto metri e durò 10.000 anni. Ora siamo nel quarto. Andiamo a far colazione, e poi prenderemo il treno che ci condurrà a Quebec. Non faremo che una volata sola.

Il *Condor* descrisse due o tre giri al di sopra della muggente cascata, entrando e uscendo dalla nube di pulviscolo, poi si diresse verso Buffalo per arrivare al treno.

Dopo mezz'ora si librava sopra la città, fra un gran numero di battelli volanti che si dirigevano per la maggior parte verso le cascate, carichi di forestieri giunti forse dall'Europa.

Il macchinista, dopo aver ricevuto dal suo padrone un ordine, fece scendere la macchina in una vasta piazza che era circondata da palazzoni di diciotto o venti piani, costruiti per la maggior parte in lastre metalliche e che non mancavano, all'esterno almeno, d'una certa eleganza.

— Andiamo a fare colazione al bar del Niagara —
disse Holker. — Vi farete così un concetto degli
alberghi moderni.

Sbarcarono ed attraversarono la piazza che era quasi
deserta, essendo mezzogiorno, ossia l'ora del pasto, ed
entrarono in una sala vastissima, arredata con un certo
lusso, il cui soffitto era sostenuto da una ventina di
colonne di metallo.

Con viva sorpresa di Brandok e di Toby, in quel
preteso ristorante non vi erano nè tavole, nè sedie e
nemmeno un cameriere.

— Questo è un bar? — chiese Brandok.

— Dove si mangia benissimo, e a buoni prezzi anche
— rispose Holker. — Qui potrete trovare forse qualche
bistecca di maiale sapientemente rosolata, con contorno
di rape.

— E a chi devo ordinaria se non vedo nemmeno il
padrone del bar o un cameriere?

— Chissà dove sarà il padrone del ristorante. Ma la
sua presenza non è necessaria.

— E nemmeno un cameriere?

— Per farne che?

Brandok era rimasto a bocca aperta, guardando Toby
che non sembrava meno sorpreso di lui.

— Voi dimenticate, signori, che siamo nel Duemila
— disse Holker. — Vi mostrerò ora come i ristoranti
d'oggi siano migliori di quelli d'un tempo e come il
servizio sia inappuntabilmente pronto. Signor Brandok,
prendete una tazza di brodo innanzitutto. Vi farà bene.

— Vada pel brodo!

Holker diede uno sguardo all'intorno, poi condusse i
suoi compagni verso una di quelle colonne attorno alle
quali, ad un metro dal suolo, si vedevano quattro
mensole di metallo ed introdusse in alcuni buchi delle
monete.

— Servizio automatico: brodo — aveva letto, con sorpresa di Brandok, su una piccola piastra situata sopra la mensola.

— Ah! ora comprendo! — esclamò Toby.

Non era trascorso mezzo minuto, che tre porticine s'aprirono e sopra la mensola comparvero, come per incanto, tre tazze di brodo fumante, assieme ad una salvietta e ad un cucchiaio di metallo bianco.

— Signor Brandok, — disse Holker — ai vostri tempi il servizio era così pronto?

— Oh no, in fede mia! — esclamò il giovine. — A quale punto è giunta la meccanica! E come arrivano qui queste tazze?

— Con una piccola ferrovia elettrica simile a quella che già avete veduta.

— Ecco soppressi quei noiosi camerieri e anche il pessimo uso delle mance.

— E dobbiamo mangiare in piedi?

— È più spiccio, e poi gli uomini oggi hanno troppa fretta. Volete altri piatti? Qui vi sono venti colonne che rappresentano il menù della giornata. Basterà che introduciate una moneta da venticinque centesimi e avrete tutto quello che vorrete, compresi i dolci, vino, birra, liquori, caffè e tè.

— Quante straordinarie invenzioni! Quante meraviglie! — esclamò Toby.

— E quanta praticità e quante comodità soprattutto — aggiunse il buon Brandok.

— Amici miei, — disse ad un tratto Holker — se cambiassimo un po' l'itinerario del nostro viaggio? Avete fretta di visitare l'Europa?

— Nessuna — risposero ad una voce Brandok e Toby.

— Volete che andiamo al polo nord? Ridiscenderemo in Europa per lo Spitzbergen.

Se Brandok e Toby, a quella inaspettata proposta, non caddero per lo stupore, fu un vero miracolo.

— Andare al polo nord! — avevano esclamato.

— Da Quebec in cinque ore potremo raggiungere la galleria americana. A mezzanotte ci riposeremo fra i ghiacci dell'Oceano Artico, in un letto non meno comodo di quello su cui avete dormito la notte scorsa in casa mia.

— Sei divenuto pazzo, nipotino mio, o vuoi burlarti di noi? — gridò Toby.

— Non ne ho alcuna voglia, zio mio. Comprendo che la proposta vi possa stupire, tuttavia vi prometto che la manterrò.

— Che cosa hanno fatto dunque gli uomini del Duemila?

— Delle cose meravigliose, ve lo dissi già. Terminiamo la nostra colazione, rimandiamo il *Condor* a Nuova York e poi prenderemo la ferrovia canadese.

VIII - Le ferrovie del Duemila

Dopo aver fatto un'abbondante colazione, innaffiata da parecchi bicchieri di generoso vino spagnolo ed italiano, il signor Holker ed i suoi compagni congedarono Harry e si diressero verso un enorme fabbricato, sormontato da una torre d'acciaio dalla cui cima si diramavano parecchi grossi fili di metallo.

— Ecco la stazione ferroviaria — disse Holker.

— Scusate, signor Holker, — disse Brandok, nel momento di entrare — voi ci promettete di condurci al polo nord?

— Sì.

— Avete trovato il modo di avvicinare il Sole, per caso?

— Perchè mi fate questa domanda?

— Fa ancora freddo?

— Come ai vostri tempi e forse più, ve lo dissi già. L'anno passato la stazione polare ha segnato 55° sotto zero.

— E ci condurrete con queste vesti?

— Non ve ne date pensiero — rispose Holker. — Alla stazione di Quebec troveremo i bagagli contenenti l'occorrente per sfidare i freddi più intensi. Aspettate un momento che vada a far lanciare un telegramma aereo ad uno di quei negozianti che conosco.

Mentre si recava all'ufficio telegrafico, Toby e Brandok erano entrati in un'ampia sala, alla cui estremità si scorgeva uno scalone.

— Dove sono questi treni? Io non li vedo e non odo quei mille fragori che ai nostri tempi si ripercuotevano sotto le immense tettoie — disse Brandok.

— Da qualche parte vedremo sbucare quello che ci deve portare a Quebec.

— Sai, Toby, che io a forza di cadere di stupore in stupore finirò per diventare pazzo?

— Non ti senti bene?...

— Mi trovavo meglio cent'anni fa col mio *spleen*. Provo sempre una eccitazione strana.

— È la tensione elettrica.

— Amici miei, — disse in quel momento Holker — il treno sta per giungere; abbiamo appena il tempo di discendere la scala.

— I biglietti? — chiese Toby.

— Sono già nel mio portafoglio; ho preso uno scompartimento per noi, così potremo discorre tranquillamente senza che vi siano testimoni.

All'estremità della scala si udì una voce poderosa gridare: — Pronti! Il treno è giunto!.

Una ventina di persone, che pareva avessero il diavolo addosso, si erano precipitate giù dalla gradinata. Holker ed i suoi amici le avevano seguite.

Una galleria fornita di una decina di porte che in quel momento erano aperte e attraverso le quali si vedevano uscire sprazzi di luce intensa, si allungava per una quarantina di metri.

Holker spinse i suoi compagni verso una di quelle porte, dicendo: — Presto, salite!.

I due risuscitati si trovarono in un piccolo scompartimento, con quattro comode poltroncine che si potevano trasformare in letti, tutte di raso rosso, e illuminato da una lampadina contenente un pezzetto di radium.

— La ferrovia? — chiese BrandOk.

Le porte di ferro si erano chiuse con fracasso.

Per qualche istante si udirono delle voci gridare e poi più nulla. Anche le porte dello scompartimento si chiusero da sè, sorgendo da terra.

— Non ci muoviamo? — chiese dopo qualche istante Brandok.

— Siamo già in viaggio — rispose Holker, ridendo.

81

— Io non provo nessuna scossa, nè odo alcun rumore di macchine.

— Eppure il treno corre con una velocità fantastica. Quanto percorrevano all'ora i vostri treni?

— Centoventi chilometri al massimo.

— E questo procede colla velocità di trecento!

— Quale macchina lo spinge?

— Nessuna macchina; viene aspirato e spinto contemporaneamente.

— Spiegati meglio, nipote mio — disse Toby. — Noi siamo troppo vecchi per capire a volo le invenzioni moderne.

— Noi viaggiamo in un tubo d'acciaio della circonferenza di cinque metri, i cui carrozzoni, che sono ordinariamente in numero di venti, combaciano perfettamente colle pareti di metallo. Questi vagoncini, hanno una forma cilindrica la cui circonferenza è esattamente precisa a quella interna del tubo e possono contenere 24 passeggeri. Fra le due stazioni principali vi sono delle pompe mosse da macchine poderose, che iniettano nel tubo correnti d'aria; in quella di partenza le pompe sono prementi; in quella d'arrivo invece, delle pompe aspiranti. I cilindri che costituiscono i carrozzoni, e che sono pure di acciaio, vengono in tal guisa spinti ed aspirati. In poche parole sono treni ad aria compressa.

— Stupefacente! — esclamò Toby. — Che cosa non avete inventato voi, uomini del Duemila?

— Osservo una cosa — disse Brandok. — Datemi una spiegazione.

— Dite pure.

— I cilindri, collo sfregamento, non s'infiammano? Mi pare che noi dovremmo cuocere qui dentro, mentre la temperatura si conserva relativamente fresca.

— Niente affatto: prima perchè viene adoperato un metallo che è lentissimo a riscaldarsi, il tantalio, che se non erro ai vostri tempi valeva 50.000 lire al chilogrammo e la chimica d'oggi può dare ad un prezzo eguale a quello dell'argento. Poi perchè il cilindro di testa e quello di coda sono formati da due immensi serbatoi, i quali proiettano incessantemente getti d'acqua, impedendo il riscaldamento.

— E l'aria pei viaggiatori?

— Viene fornita da cilindri d'acciaio che sono serbatoi d'aria compressa. Provate difficoltà a respirare?

— No — rispose Brandok.

— Vi è un tubo solo per ogni linea? — chiese Toby.

— No, zio, ve ne sono quattro. Uno pei treni diretti che non si fermano che nelle grandi stazioni, come questo, uno per le stazioni intermedie e due pei treni merci.

— Appena uno giunge, l'altro di ritorno parte. Ogni due ore abbiamo treni che vanno ed altri che giungono.

— Così gli scontri sono impossibili — disse Brandok.

— Non possono accadere non essendovi che uno o al più due treni nel tubo, che seguono la medesima via.

— Quando si pensa come si viaggiava una volta c'è da impazzire! Che cosa direbbero Francesco I re di Francia e Carlo V, se potessero tornare al mondo! E pretendevano di avere i più rapidi corrieri del mondo!

— Quei re? — disse Holker. — Avevano delle lumache, forse.

— E che cosa direbbero il capitano Paulin, Burocchio, Chameran e soprattutto Marivaux?

— Chi erano costoro? — chiese Brandok.

— I più rapidi corrieri dell'Europa medievale, che fecero in quell'epoca stupire tutti per la loro velocità! Paulin aveva impiegato venti giorni per recarsi da Costantinopoli a Fontainebleau per portare un messaggio a Francesco I; Burocchio ne aveva impiegati quattro per portare al re di Polonia la notizia della morte di Carlo IX e Marivaux quattro giorni per percorrere la distanza che corre fra Parigi e Marsiglia. E quei nostri bravi antenati affermavano che con simili corrieri le distanze ormai erano scomparse!

— Si contentavano di poco i nostri vecchi — disse Holker.

Un sibilo acuto, che proveniva dall'alto, fece alzare la testa a Brandok ed a Toby. Era uscito da un piccolo tubo che si ripiegava in basso vicino alla lampada a radium.

— Ci avverte che siamo giunti? — chiese Brandok.

— No, è una comunicazione dell' — Jum — a cui è abbonata questa linea ferroviaria per tenere i viaggiatori al corrente delle notizie più importanti, anche viaggiando.

— In qual modo?

— Mediante un filo che si svolge su un rocchetto, a misura che il treno procede. Ascoltiamo.

Una voce metallica si fece subito udire: — Grave disastro sul Missouri prodotto da una piena improvvisa.

— Omaha è quasi interamente distrutta e sessantamila persone si sono annegate. Il governo del Nebraska ha mandato ingegneri con ventimila uomini, viveri e scialuppe.

— Europa. Gli anarchici della città sottomarina che hanno saccheggiato Cadice sono stati completamente distrutti dai pompieri di Malaga. Il governo spagnolo indennizzerà gli abitanti.

— Asia. Il governo dell'India si trova in gravi imbarazzi causa la carestia. Gl'indiani muoiono di fame a milioni.

— Brandok, tutto ciò non è prodigioso? — chiese Toby.

— Continuiamo a sognare — rispose il giovine. — Ormai io sono convinto di essermi risvegliato non più sulla terra, bensì in un altro mondo.

— E quasi lo penso anch'io — rispose Toby.

— Eppure esistono altre meraviglie ben più grandiose — disse Holker.

Una lieve scossa ed un fragore di porte che pareva s'aprissero, lo interruppero. Quasi nel medesimo istante si udì una voce gridare: — Montreal!... .

— Di già nel Canada! — esclamò Brandok.

— Sono le due — disse Holker, osservando il suo cronometro.

— Quando giungeremo a Quebec?

— Alle tre e qualche minuto.

— Ed al polo nord?

— Fra due giorni.

— E noi supereremo in così breve tempo una così enorme distanza?

— Scivoleremo con una velocità di duecento miglia all'ora. Altro che la foga degli uragani!...

— Scivoleremo?

— È la parola.

— E come?

— Lo saprete quando avremo raggiunto i confini del continente americano e ci inoltreremo sull'Oceano Polare.

— Brandok!

— Toby!

— Sogni ancora?

— Sempre.

— E sogno anch'io.

Cinque minuti dopo, il treno riprendeva la sua corsa infernale e alle tre pomeridiane si fermava alla stazione di Quebec, la capitale del Canada.

Appena usciti dallo scompartimento, un uomo che gridava — signor Jacob Holker! — entrò nella galleria, portando due enormi valigie.

— Sono io — rispose il nipote di Toby, muovendogli incontro. — Siete ai servigi del signor Wass?

— Sì, signore.

— Le valigie devono contenere gli indumenti per una gita al polo.

— Allora siete proprio quello che cercavo. Abbiamo ricevuto il vostro telegramma due ore or sono da Buffalo.

Holker pagò, senza mercanteggiare, l'importo, poi condusse i suoi amici al ristorante della stazione, anche quello automatico, e offrì da bere.

— Abbiamo dieci minuti di tempo per prendere il treno per il polo nord — disse.

— Approfittiamone per scaldarci lo stomaco con un po' di caper-brandy.

Infatti dieci minuti dopo i tre amici prendevano posto in uno scompartimento del treno del Labrador, diretti al Capo Wolstenholme sullo Stretto di Hudson e partivano con una velocità di duecentosettanta chilometri all'ora.

— Quando giungeremo sulle coste dell'Oceano Artico? — chiese Brandok.

— Alle cinque di domani mattina — rispose Holker.

— Troveremo qualche albergo lassù?

— Ed anche un buon letto.

— Fra i ghiacci?

— Il Capo Wolstenholme è una stazione estiva, molto frequentata durante i mesi di giugno, luglio ed anche d'agosto, al pari di quella dello Spitzbergen.

— Dello Spitzbergen! — esclamò Toby.

— Perchè vi stupite zio?

— Perchè ai nostri tempi quella grande isola dell'Oceano Artico non era frequentata che da orsi bianchi e da cacciatori di foche e di balene.

— Oggi è diventata un po' come la Svizzera — rispose Holker. — Fra quelle montagne nevose si trovano alberghi che nulla hanno da invidiare a quelli di Nuova York. Vedrete che meraviglie!

— Passeremo di là?

— Sì, nel ritorno, perchè la galleria polare sbocca appunto in quell'isola.

— Che cosa mai ci narri!

— Vedrete!... Vedrete!... Siamo nel Duemila, miei cari amici e non già nei lontani tempi del 1900.

— Ed esquimesi ve ne sono ancora nelle regioni polari? — chiese Brandok.

— Alcune famiglie soltanto; le altre tribù sono invece quasi tutte scomparse.

— E per quale motivo?

— In seguito alla totale distruzione delle balene e delle foche che costituivano la loro alimentazione.

— Sono stati uccisi dalla fame?

— Sì, signor Brandok.

— Eppure mi avete detto che vi è una numerosa colonia polare.

— È vero, ed è costituita da anarchici, colà confinati perchè non turbino la pace del mondo.

— E come vivono quelli?

— I pesci abbondano ancora al di là del circolo polare; e poi i governi americani ed europei li provvedono di viveri, a patto che non lascino i ghiacci.

— Sicchè è loro proibito di tornare in Europa ed in America?

— E anche in Asia!

— Ed il mondo è tornato tranquillo dopo la loro espulsione?

— Abbastanza — rispose Holker.

— E nella colonia polare regna la calma?

— Costretti a pescare ed a cacciare incessantemente, non hanno più tempo di occuparsi delle loro pericolose teorie: così regna la calma ed un certo accordo.

— Erano diventati numerosi in questi cento anni? — chiese Toby.

— Sì, e anche molto pericolosi. Ora non son più da temersi, essendo relegati colle loro famiglie al polo nord

87

e nelle città sottomarine. Oh! non inquieteranno più l'umanità.

— Eppure il dispaccio di quel tal giornale smentisce ciò che voi avete affermato — osservò Brandok.

— Quello è stato un puro caso. E poi avete saputo come sono stati trattati dai pompieri spagnoli. Pochi getti d'acqua elettrizzata a correnti altissime e tutto è finito. Diamine!... Il mondo ha il diritto di vivere e di lavorare tranquillamente senza essere disturbato. Chi secca gli altri, si manda nel regno delle tenebre e vi assicuro che nessuno piange.

— Una specie di giustizia turca — disse Brandok, ridendo.

— Chiamatela come volete, tutti l'approvano e l'approveranno anche in avvenire.

Mentre così passavano il tempo, il treno correva entro il tubo d'acciaio con velocità spaventevole, attraversando i gelidi territori del Labrador.

Essendo come abbiamo detto autunno assai inoltrato, la neve doveva aver coperto già da qualche mese, quelle terre d'uno strato considerevole, ed al di fuori il freddo doveva essere intensissimo; eppure i viaggiatori non se ne accorgevano affatto. D'altronde bastava la lampada a radium per spandere negli scompartimenti un dolce calore che si poteva aumentare a volontà. Alle otto della sera il treno si fermava alla stazione di Mississinny innalzata sulle rive del lago omonimo.

Appena aperte le porte d'acciaio e le portiere dei carrozzoni, degli uomini si presentarono ai viaggiatori portando delle tazze fumanti di brodo, dei pesci bolliti e fritti, dei *puddings*, liquori e tè.

— Avrei preferito cenare al ristorante della stazione — disse Brandok.

— Stiamo meglio qui — disse Holker. — Fuori fa un freddo cane. Quanti gradi? — chiese al cameriere che aveva portato la cena.

— Quindici sotto zero, signore — rispose l'interrogato. — L'inverno si annunzia rigidissimo, quest'anno, ed il lago è già gelato da tre settimane.

— E l'oceano?

— Tutto lo stretto è percorso da massi enormi di ghiaccio.

— Funziona ancora il battello-tramvai?

— Fino alla spiaggia di Baffin.

— Quali notizie della galleria?

— È più salda che mai. Non si è prodotta nessuna screpolatura nemmeno quest'anno. Buon viaggio, signori, il treno riparte.

Depose le vivande sulle mensole che si trovavano vicino alle poltroncine, poi scese rapidamente. Un momento dopo le portiere si chiusero, le porte d'acciaio anche, ed il treno, aspirato da una parte e spinto dall'altra, riprese la corsa.

— Ceniamo, facciamo la nostra toeletta polare e poi cerchiamo di fare una dormita. Fino alle cinque di domani mattina non verremo più disturbati.

— E poi cambiamo treno? — chiese Toby.

— Sì, per prendere il battello-tramvai — rispose Holker.

— Che cos'è?

— Lo vedrete domani mattina, zio. Una bella e comoda invenzione anche quella. Ceniamo.

IX - Il battello-tramvai

Alle cinque del mattino i tre amici, che dopo aver indossati i pesanti vestiti dei viaggiatori polari, si erano addormentati, venivano svegliati dalle grida degli impiegati ferroviari della stazione di Wolstenholme.

Holker per il primo aveva aperto gli occhi, dicendo ai suoi amici: — Siamo sulle rive dell'Oceano Artico ed il battello-tramvai ci aspetta per attraversare lo Stretto d'Hudson. Non abbiamo tempo da perdere.

Presero i loro bagagli, lasciarono il caldo scompartimento e uscirono dalla galleria d'acciaio per entrare nella stazione.

— Una buona tazza di tè con un bicchierino di whisky prima di tutto — disse Holker, entrando in una sala che serviva da ristorante e che era splendidamente illuminata da una grossa lampada a radium. — Deve fare molto freddo, fuori.

Riscaldatisi lo stomaco, lasciarono la stazione, seguiti da altri otto o dieci viaggiatori, per la maggior parte inglesi e tedeschi che si recavano al polo.

Era ancora notte, però numerose lampade a radium illuminavano le vie del piccolo villaggio costruito sulle rive dell'Oceano Polare, ed il freddo era intensissimo.

La neve copriva ogni cosa e doveva avere uno spessore considerevole.

— Chi abita questo paese da lupi? — chiese Brandok, mentre si infagottava in un ampio mantello di pelle d'orso nero.

— Vi sono qui tre o quattro dozzine di pescatori canadesi — rispose Holker. — Tutti i tentativi fatti per colonizzare queste vaste terre sono riusciti vani. È un vero peccato, perchè qui lo spazio non mancherebbe per far sorgere delle città gigantesche.

— E piantare cavoli e seminar grano — disse Brandok, ridendo.

— Eppure qualche cosa nasce e matura qui, nonostante il freddo.

— Ed in qual modo avete potuto ottenere questi miracoli?

— Proiettando sulle piante e sul terreno un continuo getto di luce a radium, — rispose Holker.

— Le patate vi crescono assai bene, e anche i funghi, nelle cantine delle case.

— Raccogliere dei funghi presso il circolo polare artico! Questa è grossa! Che cosa direbbero Franklin e Ross, se tornassero in vita?

In quel momento un fischio acuto risuonò a breve distanza ed un potente fascio di luce fu proiettato sulla piccola schiera che era guidata da un impiegato ferroviario.

— Che cosa c'è? — chiese Toby.

— È il battello-tramvai che ci chiama — rispose Holker.

— È un piroscafo od un carrozzone che viaggia sulla terra?

— L'uno e l'altro, zio — disse Holker.

— Un'altra invenzione diabolica?

— Ma praticissima.

Affrettarono il passo e, dopo qualche minuto, si trovarono sulla spiaggia dell'Oceano Artico. All'estremità di un ponte di legno, illuminato da parecchie lampade, vi era un grosso battello sormontato da un solo albero, sulla cui cima brillava una grossa palla di radium che lanciava in tutte le direzioni dei fasci di luce brillantissima, leggermente azzurrina.

Parecchi uomini, coperti da vestiti villosi che li facevano rassomigliare ad orsi polari, stavano allineati lungo le murate, tenendo in mano delle lunghe aste colla punta d'acciaio.

— Dei soldati polari? — chiese Brandok.

— Dei marinai — rispose Holker.

— Perchè hanno quelle lance?

— Per allontanare i ghiacci che s'accostano al battello. Ve ne saranno molti al largo.

— E dove ci porterà questo battello?

— Fin sulla Terra di Baffin, oltre il lago di Nettelling.

— Mio caro nipote, — disse Toby — ai nostri tempi quel lago si trovava nel cuore dell'isola.

— È così, zio.

— Questo battello non potrà quindi spingersi fin là, a meno che non abbia delle ruote che lo conducano.

— E se così fosse? Se questo meraviglioso battello potesse ad un tempo navigare e correre anche sulla terra, come una semplice automobile?

— Amico James, che cosa dici di questa nuova invenzione? — chiese Toby.

— Che finirò per non stupirmi più di nulla, anche se dovessi trovare dei mari tramutati in campi fertili — rispose Brandok.

Giunti all'estremità del ponte, salirono sul piroscafo, cortesemente salutati dal capitano e dai suoi due ufficiali.

Era una bella nave, dai fianchi piuttosto rotondi per meglio sfuggire alle strette dei ghiacci, lunga una trentina di metri, con in mezzo una galleria formata da vetri di grande spessore, per difendere i viaggiatori dai morsi del vento polare, senza impedire loro di vedere ciò che succedeva all'esterno, e bene illuminata.

Brandok, Holker e Toby presero posto a prora, sotto la galleria, seguiti subito dagli altri passeggeri.

La porta fu chiusa, la macchina lanciò un fischio acuto ed il battello si mise in moto a velocità moderata, mentre i suoi uomini, che si trovavano fuori della galleria, salivano sulle murate immergendo nell'acqua le loro aste dalla punta ferrata.

Lo Stretto di Hudson, che separa il territorio del Labrador dalla grande isola di Baffin, era tutto ingombro di ghiacci.

Si vedevano delle montagne galleggianti andare alla deriva, spinte dal vento polare e anche molti banchi popolati da una grande quantità di uccelli marini.

Sotto i fasci di luce della potente lampada a radium che brillava sulla cima dell'albero, quei ghiacci scintillavano come enormi diamanti e producevano un effetto sorprendente e meraviglioso.

Il battello, abilmente guidato, si teneva a distanza da quei pericolosi ostacoli.

Ora rallentava, poi, quando trovava uno spazio libero o un canale, aumentava considerevolmente la velocità.

Talora investiva poderosamente i banchi di ghiaccio col suo tagliamare e li stritolava adoperando certi bracci d'acciaio forniti di denti come quelli delle seghe, che agivano ai due lati della prora, e che in pochi istanti sgretolavano i massi.

— Una vera nave da ghiaccio — disse Brandok, che guardava con viva curiosità. — Quante belle invenzioni!

— E quando la vedrete salire sulla riva e correre sui campi di ghiaccio della Terra di Baffin come una immensa vettura? — disse Holker.

— È incredibile e nessuno ai nostri tempi avrebbe mai osato sperare di trasformare una nave in un tramvai — disse Toby.

— E che esce dall'acqua e che prosegue la sua corsa, senza cambiare apparentemente nulla, senza interrompersi nemmeno un istante; che diventa vettura dopo essere stata battello e che torna di nuovo battello dopo essere vettura con un'agilità e rapidità unica — aggiunse Holker. — Sì, è una vera nave meravigliosa.

— Io vorrei sapere come avviene questa trasformazione — disse Toby.

93

— In una maniera semplicissima — rispose Holker.

— Il battello non ha che una sola macchina messa in moto dall'elettricità, capace però di servire a diversi fini e producente una forza applicabile in parecchi modi, per un'azione sempre diversa. Avviene così che la nave, avvicinandosi alla riva, riceve dalla motrice tutta la forza che s'accumula su due ruote collocate a prora e nascoste entro due nicchie aperte nella carena. Appena l'acqua comincia a mancare, quelle ruote, mediante un meccanismo speciale, si abbassano e si mettono in funzione, mentre le eliche vengono fermate. A poppa vi sono pure altre due ruote le quali agiscono perchè trascinate dall'impulso di quelle anteriori. Ecco la nave trasformata, senza bisogno di manovre faticose, in un enorme tramvai. Sale la riva e si mette in marcia per terra e prosegue fino a che trova o qualche canale o qualche lago o qualche braccio di mare.

Allora le ruote entrano nelle loro nicchie, le eliche si rimettono in funzione ed ecco il tramvai tornato battello. Non è ingegnoso tutto ciò?

— Ve ne sono molte di queste navi?

— Sì, specialmente in Europa dove esistono spiagge basse, come in Germania, in Danimarca, in Irlanda, in Italia e così via.

— E questi battelli conservano la loro velocità anche in terra? — chiese Brandok.

— La medesima, — rispose Holker — e la loro forza locomotrice è di centosessanta metri al minuto.

— E sempre nuove invenzioni le une più meravigliose e più sorprendenti delle altre. Ah! Toby!

— Cos'hai, James?

— Sai che fra questi ghiacci non provo più quella strana agitazione che mi faceva sussultare i muscoli?

— Nemmeno io — rispose il dottore. — E ciò dipende dall'essere lontani dalle grandi città. Qui l'elettricità non può farsi sentire come laggiù o come sopra le cascate del Niagara.

— Se noi non potremo resistere alle tensioni elettriche che si faranno sentire fortemente anche nelle grandi città europee, ci rifugeremo al polo.

— E diventeremo anche noi anarchici — disse il dottore, ridendo.

Il battello-tramvai continuava intanto a lottare vigorosamente contro i ghiacci per raggiungere le sponde meridionali della Terra di Baffin, che si discernevano già vagamente fra le brume dell'orizzonte.

Delle montagne enormi, dei così detti *ice-bergs*, apparivano di quando in quando, cappeggiando pericolosamente e dondolandosi fra le onde, e minacciando di rovesciarsi addosso alla piccola nave. Questa con una rapida manovra le evitava, gettandosi in mezzo ai banchi che sormontava con slanci impetuosi e che spezzava col proprio peso.

Nessuna nave si scorgeva su quel mare. Da quando le balene erano scomparse e le foche pure, quelle acque erano diventate deserte.

Abbondavano invece sempre gli uccelli marini, anzi si mostravano così familiari che calavano in buon numero sulla galleria del battello senza inquietarsi per la presenza dei marinai.

Verso le dieci del mattino, dopo un'abbondante colazione offerta dal capitano ai passeggeri, e che era già compresa nel prezzo del biglietto, il *Narval*, tale era il nome del battello, giungeva dinanzi alle spiagge meridionali della Terra di Baffin e precisamente all'imboccatura di un canale che era formato da due immense rupi, alla cui estremità si vedeva la terra scendere dolcemente.

La nave con pochi colpi di sperone si aprì il passo fra i ghiacci che avevano già otturata l'entrata del passaggio, poi s'avanzò lentamente finchè l'acqua venne a mancare.

Le quattro ruote avevano lasciate le loro nicchie, abbassandosi in attesa di mettersi in funzione.

— Ecco che diventa tramvai, — disse Holker. — La nave lascia il mare per la terra.

Il *Narval* si era bruscamente inclinato e le ruote anteriori si erano messe in movimento.

Mentre la poppa era ancora in acqua, la prora saliva la riva senza scosse e senza fatica.

Ben presto l'intera nave si trovò in terra e partì con una velocità di trentacinque o quaranta chilometri all'ora, come fosse un vero tramvai elettrico, percorrendo una via segnalata da altissimi pali.

Una pianura immensa, quasi liscia, coperta da un alto strato di ghiaccio e di neve gelata, si estendeva a perdita d'occhio dinanzi ai viaggiatori polari.

Quella terra, quantunque spazzata dai venti e dagli uragani polari, non era del tutto disabitata.

Di quando in quando, a lunghi intervalli, il *Narval* passava dinanzi a piccoli raggruppamenti di case di ghiaccio, di forma semiovale, abitate dalle ultime famiglie di esquimesi sfuggite miracolosamente alla morte per fame, dopo la distruzione delle ultime balene e delle ultime foche da parte degli avidi pescatori americani.

Vedendo il battello avanzarsi si affrettavano a uscire dalle loro casupole per chiedere qualche biscotto o qualche scatola di carne o di brodo concentrato.

Erano i medesimi tipi di cent'anni prima. Un tronco tozzo su due gambe pure tozze, una testa grossa cogli zigomi sporgenti, faccia larga, capelli neri, naso schiacciato; una certa somiglianza insomma con le loro buone amiche ormai scomparse: le foche.

Disgraziatamente per loro, non si nutrivano più colle carni delle loro foche come un secolo prima, non si vestivano più colle loro calde pellicce, non illuminavano più le loro casupole col loro grasso.

Avevano anche essi un pezzo di radium, ed invece di avere delle fiocine colla punta di osso, portavano a tracolla dei buoni fucili elettrici coi quali si procuravano il cibo giornaliero massacrando gli uccelli marini, sempre numerosi in grazia della cattiva qualità delle loro carni, eccessivamente oleose per i palati americani ed europei.

Erano molto sparuti però, quei poveri diavoli, quantunque si sapesse, anche cent'anni prima, di che specie di appetito erano dotati quegli abitanti dei ghiacci eterni.

Essi infatti non facevano smorfie dinanzi ad un pesce avariato, o a dei volatili in piena decomposizione, e a degli intestini d'orso bianco, e perfino dinanzi a degli escrementi o agli avanzi non ancora digeriti che ritiravano dal ventre delle renne uccise.

Avevano anche perduta la loro proverbiale gaiezza in seguito alla mancanza di scorpacciate di lardo di balena! Si capiva che proprio la distruzione di quei giganteschi mammiferi aveva modificato profondamente il loro temperamento, un tempo così gaio.

— Ecco una razza destinata a scomparire al pari dei pellirosse — disse Brandok, che era già uscito parecchie volte dalla galleria, per gettare a quei disgraziati parecchie ceste di biscotti, acquistate dal dispensiere del *Narval*.

— Quanti anni durerà ancora?

— Pochi lustri di certo — rispose Holker. — Non sono uomini da poter prendere parte alla grande lotta per l'esistenza. Scomparse le foche e le balene di che cosa potrebbero vivere? Se i viaggiatori che vanno al polo non li aiutassero, a quest'ora sarebbero completamente spariti.

— Eppure vi è una colonia polare lassù, mi avete detto.

— Quelli sono uomini che appartengono alla nostra razza — rispose Holker.

— Ecco l'egoismo della razza bianca!...

— In coscienza non posso darvi torto.

— Noi, sempre noi soli a dominare il mondo.

— È la lotta per la vita, signor Brandok.

— O meglio la lotta di razza.

— Come volete — rispose Holker. — Comincia a far buio. Come son brevi le giornate in questa stagione, sulle terre polari! Ecco che il sole tramonta e non sono che le tre pomeridiane!

— Quando prenderemo il treno polare? — chiese Toby, con evidente impazienza.

— Domani sera.

— Allora possiamo cenare e coricarci. Vi saranno delle cabine in questo battello.

— E bene riscaldate, e con un comodo letto. La società polare ferroviaria non lesina mica in fatto di comodità. Venite, amici, per intanto andiamo in sala da pranzo.

Lasciarono la galleria e scesero in uno splendido salone illuminato da quattro grosse lampade a radium, che mantenevano un calore piacevolissimo.

Si assisero ad una tavola dove si vedevano oltre a dei piatti d'argento, delle coppe di cristallo piene di fiori ottimamente conservati, raccolti probabilmente nelle serre di Quebec.

La composizione della cena era veramente polare. Salmone, filetti di narvalo, fegato di *caribou*, coscia di renna con crescione, pasticcio di fegato di morsa, gelato, e liquori a discrezione, con tè e caffè a scelta.

— Almeno qui abbiamo della selvaggina — disse Brandok. — Un piatto di gran lusso al giorno d'oggi, è vero, signor Holker?

— Dite rarissimo, anche nelle grandi città! Vive qui ancora qualche gruppo di renne e si trovano anche dei *caribou* e qualche morsa. Fra pochi anni vedrete che quegli animali e quegli anfibi saranno completamente scomparsi.

Cenarono con molto appetito e verso le cinque, mentre un folto nebbione al di fuori scendeva sulle pianure di ghiaccio, si fecero condurre nelle loro cabine dove trovarono dei soffici letti che non erano inferiori a quelli della casa del signor Holker.

X - La galleria polare

Dormivano da parecchie ore, quando furono bruscamente svegliati da un urto piuttosto violento, che si ripercosse in tutto lo scafo del battello-tramvai, e dalle grida dell'equipaggio.

Essendo le lampade a radium rimaste accese, Brandok, Holker e Toby si trovarono riuniti quasi nello stesso tempo nella sala dove avevano cenato e dove già si erano raccolti gli altri viaggiatori.

— Signor Holker, — disse Brandok, vedendolo scambiare alcune frasi con uno degli ufficiali che era sceso nella sala — che cos'è avvenuto?

— Nulla di grave, rassicuratevi — rispose il nuovayorkese con voce tranquilla. — Il battello ha urtato contro un enorme masso di ghiaccio che la nebbia impediva di vedere e che sbarrava la via.

— Sicchè non potrà più avanzare?

— Fino a che non si sarà tolto l'ingombro. Non sarà che un ritardo di un paio d'ore. Saliamo sulla galleria ed andiamo a vedere.

Un masso enorme che doveva essersi staccato da qualche ghiacciaio, avendo il *Narval* raggiunto un gruppo di collinette piuttosto ripide, era rotolato fino sulla via segnalata dai pali ed aveva fermata bruscamente la corsa.

L'intero equipaggio, munito di lampade e di picconi si era già messo al lavoro per sgretolarlo, aiutato da una ventina di esquimesi, accorsi subito da un villaggio vicino.

— Se quel blocco piombava nel momento in cui passava il battello, eravamo fritti — disse Brandok. — Lo schiacciava come una nocciola.

— Sono casi piuttosto rari, non essendovi che poche collinette in quest'isola — rispose Holker.

— Non ho mai udito raccontare che uno di questi battelli sia stato schiacciato.

— Dove siamo ora?

— A duecento miglia dalla stazione del lago.

— Signori — disse in quel momento il capitano che era risalito a bordo. — Ne avremo per tre ore; se volete approfittarne per visitare il villaggio esquimese dei Naztho che si trova qui presso, non vi mancherà il tempo. Una visita agli abitanti del polo è sempre interessante per un turista. Metto a vostra disposizione un marinaio con due lampade.

— Approfittiamone pure — disse Brandok. — Io non sono mai stato nelle regioni polari.

La proposta fu subito approvata anche dagli altri viaggiatori, e qualche minuto dopo il drappello lasciava la nave, preceduto da un marinaio che illuminava la via con due lampade a radium.

Il freddo era intensissimo al di fuori, un nebbione pesante, fittissimo che la luce delle lampade appena appena riusciva a diradare, calava sulle pianure di ghiaccio, e un forte vento soffiava dal polo.

— Signor Holker, siete stato altre volte qui? — chiese Bran-dok.

— Mi sono recato al polo già due volte.

— Conoscete dunque gli esquimesi?

— Benissimo.

— Quali progressi hanno fatto in questi cento anni?

— Nessuno: sono rimasti tali e quali come li avevano trovati gli esploratori del secolo scorso.

Sono esseri incapaci di civilizzarsi, e perciò finiranno anche essi con lo scomparire. Vi ho già detto che il loro numero è immensamente scemato dopo la distruzione delle balene, delle foche e delle morse.

— Vivono ancora nelle capanne di ghiaccio? — chiese Toby.

101

— Sì, zio, e l'unico miglioramento che abbiano introdotto è quello di aver soppressa l'antica e fumosa lampada ad olio con quella a radium che li illumina e li riscalda meglio. Eccoci giunti; volete che visitiamo una capanna? Turatevi il naso e fatevi coraggio.

Erano giunti dinanzi al villaggio, il quale si componeva d'una mezza dozzina di abitazioni di forme semisferiche, composte di massi di ghiaccio sovrapposti con un certo ordine, aventi sul davanti una piccola galleria che immetteva alla porta d'entrata.

Internamente erano tutte illuminate, sicchè scintillavano fra la nebbia come se fossero colossali diamanti, essendo il ghiaccio mantenuto sempre sgombro dalla neve che vi si accumulava sopra.

Holker stava per introdursi in una di quelle gallerie così basse e strette che non si poteva avanzare che strisciando, quando un esquimese che li aveva seguiti, lo fermò, dicendo: — Aga-aga-mantuk.

— Che cosa vuol dire? — chiese Brandok.

— Ho capito — disse Holker. — È una tomba, questa, dove sta morendo tranquillamente qualcuno della tribù. Non disturbiamo la sua agonia.

— Come! là dentro vi è uno che muore? — esclamò Brandok.

— Sì, e solo. La galleria deve essere già stata otturata.

— Quindi è sepolto vivo?

— Non durerà molto — rispose Holker. — Se la malattia non lo uccide presto, s'incaricherà la fame di mandarlo nel paradiso degli esquimesi.

— Spiegati meglio, nipote mio — disse Toby. — Perchè lo hanno sepolto vivo?

— Perchè è stato giudicato inguaribile. Qui, quando un uomo od una donna vengono colpiti da qualche malattia, si cerca di curarli dapprima con degli incantesimi, urlando e correndo intorno alla capanna e mettendo accanto all'infermo una pietra di due o tre chilogrammi, secondo la gravità della malattia, e che ogni mattina viene pesata dalla donna più vecchia della tribù o dall'*angekoc*, che è una specie di stregone. Se la pietra non diminuisce di peso, significa che il malato è spacciato. Gli costruiscono a poca distanza una nuova capanna di ghiaccio, vi stendono delle pelli, vi portano una brocca d'acqua ed una lampada. Il malato vien portato nella sua tomba e si corica sul suo letto. Fratelli, sorelle, moglie, figli e parenti vanno a portargli il loro ultimo saluto, non fermandosi più del necessario, perchè se la morte sorprendesse il malato, i visitatori sarebbero costretti a spogliarsi dei loro abiti e gettarli via, perdita non disprezzabile in questi climi. Poi, chiudono la galleria con massi di ghiaccio e lasciano che il malato si spenga da sè.

— E si lasciano rinchiudere senza protestare?

— Anzi, sono loro che pregano i parenti di portarli nella capanna da cui non usciranno mai più. Più volte dei viaggiatori che si recavano alle colonie polari presi dall'orrore di quel che accadeva in quelle capanne funebri, avevano forzata l'entrata per portar via il morente e avevano ricevuto questo rimprovero: — Chi viene a turbare la mia agonia? Non si può dunque morire in pace?.

— E così fanno ancora? — disse Toby.

— Lo vedete.

— Che sia morto l'uomo che si trova in quella capanna?

— Potrebbe essere ancor vivo; lasciamolo in pace, per non attirarci addosso l'ira dei suoi parenti, e rispettiamo la sua volontà.

Passarono in un'altra capanna più vasta e meglio illuminata, e dopo essersi introdotti nell'angusto corridoio, si trovarono nell'interno.

Vi erano due donne coperte di vecchie pellicce sbrindellate ed una mezza dozzina di fanciulli seminudi, poichè vi regnava un caldo soffocante. Una delle donne stava masticando un paio di grossi stivali di pelle di morsa che il gelo aveva indurito e che essa cercava di rammollire coi suoi possenti molari; l'altra era occupata a preparare il pasto.

Un odore nauseante regnava in quella piccola abitazione, dove alcune volpi e dei pesci imputridivano affinchè le loro carni risultassero più squisite ai palati esquimesi.

— Ne ho a sufficienza — disse Brandok, che si sentiva soffocare. — Questi bravi abitanti del polo non hanno fatto un passo avanti da un secolo a oggi.

Gettarono ai ragazzi alcune manciate di biscotti e tornarono frettolosamente all'aperto, dove il marinaio del *Narval* li aspettava assieme agli altri viaggiatori, che dimostravano d'averne perfin troppo di quella visita. Un quarto d'ora dopo rientravano nella galleria della nave, ben lieti di trovarsi al riparo dal freddo e dal nebbione.

L'enorme blocco di ghiaccio non era stato ancora completamente sgretolato, però poco ci mancava.

Una cartuccia carica di esplosivo potentissimo fece saltare quello che rimaneva, sicchè verso le otto del mattino il *Narval* si rimetteva in marcia, con una velocità notevole essendo la pianura quasi liscia.

Durante la giornata, la corsa continuò senza notevoli incidenti, e verso le cinque Brandok segnalava un gran fascio di luce che forava la nebbia.

— È la stazione di Nettelling — disse Holker. — Fra pochi minuti noi saliremo sul tramvai elettrico che ci condurrà al polo nord.

Non era trascorso un quarto d'ora che il *Narval* entrava sotto una immensa tettoia illuminata da un gran numero di lampade e dove si muovevano parecchie persone che si potevano facilmente scambiare per bestie polari.

Lì presso si innalzava un alto fabbricato di legno da cui uscivano dei cupi fragori, come se delle macchine poderose fossero in funzione.

In lontananza invece si scorgeva una lunga fila di lampade, che proiettavano una luce un po' diversa da quelle a radium; era uno strano sfolgorio come se i ghiacci scintillassero.

— Che cosa c'è laggiù? — chiesero Brandok e Toby.

— La grande galleria che conduce al polo — rispose Holker. — Una delle più grandi meraviglie del nostro secolo.

— Voi avete costruita una galleria che conduce al polo! — esclamò il dottore.

— Come volevate arrivarci? Con delle navi forse? Voi sapete che anche ai vostri tempi hanno fatto cattiva prova. La grandiosa idea di giungere al polo per mezzo di una galleria la dobbiamo ad un ingegnere nostro compatriotta. Essa si diparte dalla riva settentrionale di questo lago, si spinge attraverso la Terra di Baffin, passa lo stretto di Lancaster, che, come sapete, non sgela mai, nemmeno in estate, quindi sull'isola di Devon, poi su quella di Lincoln, d'Ellesmere fino a Grant e giunge al polo sotto l'88° di longitudine.

— Di che cosa è fatta quella galleria? — chiese Brandok, il cui stupore non aveva più limite.

— Con materiale trovato sul luogo e che non è costato nemmeno un dollaro — rispose Holker.

— Di ghiaccio? — disse Toby.

— Precisamente, un materiale a buon mercato, cementato con un miscuglio di sale per dare ai blocchi maggior coesione. La galleria è larga undici piedi, alta otto, colle pareti che hanno uno spessore di due metri, costruite con blocchi di ghiaccio di due piedi di lunghezza e mezzo di larghezza. Nella forma somiglia ad un arco perfetto ed è illuminata a luce elettrica perchè le pareti non si fondano come sarebbe potuto accadere con quella a radium.

— Quanto hanno impiegato a costruirla? — chiese Toby. — Non più di sette mesi, lavorando appena 400 operai. Non credo che il suo costo abbia superato i duecentomila dollari.

— E non si scioglie?

— È impossibile, attraversando una regione dove il termometro, anche in giugno e in luglio, non segna mai più di tre o quattro gradi sotto zero. Infatti in quattordici anni che funziona, nessuna arcata è mai crollata.

— E chi ci condurrà al polo?

— Un carrozzone elettrico di dimensioni straordinarie, che scivola su rotaie. Qui alla stazione vi sono macchine e dinamo poderose, e anche al polo ve ne sono d'ugual potenza.

— E finisce al polo la galleria? — chiese Brandok.

— No, signore. I russi e gli inglesi poi ne hanno costruita un'altra che parte dalla colonia polare e sbocca a nord dello Spitzbergen. Quella di quando in quando frana al suo sbocco, non essendovi in quelle isole un freddo sempre intenso. Le riparazioni però sono facili.

— Brandok, — disse Toby — cosa ne dici?

— Che sogno sempre — rispose il giovine.

— Scendiamo ed andiamo a prendere il nostro posto sul tramvai elettrico — disse Holker.

— Faremo colazione là dentro.

All'estremità della tettoia era avanzato un carrozzone enorme, lungo più di venti metri, su due e mezzo di larghezza, tutto chiuso da vetri che pareva avessero uno spessore notevolissimo, e difeso al di sopra da una specie di gabbia d'acciaio destinata certamente a ripararlo dalla caduta di qualche masso che poteva staccarsi dalla volta della galleria.

Tre lampade a radium di grande potenza lo illuminavano, o meglio lo inondavano di luce.

L'interno era diviso in cinque scompartimenti: salotto per pranzare, gabinetto di toeletta, stanza da letto, sala da gioco e da lettura ed una piccola cucina.

Grossi tappeti di feltro erano stesi sul suolo e pesanti pellicce coprivano le brande che servivano da letto.

— Come si sta bene qui! — esclamò Brandok, sbarazzandosi della pelliccia ed entrando nel salotto da pranzo dove già si trovavano i viaggiatori tedeschi ed inglesi che li avevano accompagnati sul *Narval*. — Che dolce tepore! Non si direbbe che fuori il termometro segna 22° sotto zero.

— E come sono eleganti questi scompartimenti! — disse Toby, che li aveva già percorsi.

— Quando giungeremo al polo, signor Holker? — chiese Brandok.

— Non prima delle nove di domani mattina.

— Col sole?

— Voi parlate del sole in questa stagione. È tramontato da dodici giorni, e al polo ora regna una notte perfetta, anche in pieno mezzodì.

— È vero; mi dimenticavo che siamo in autunno inoltrato.

— A tavola, signori miei, ed imitiamo i nostri compagni di viaggio.

Si misero ad uno dei sei tavolini che occupavano il salotto e si fecero servire un pranzo abbondante e anche succulento, fornito dal cuoco del tramvai polare, pranzo composto per la maggior parte da pesci eccellenti, cucinati in diverse maniere, che innaffiarono con dello squisito vino bianco secco di California.

Il carrozzone intanto era già partito con una velocità di centocinquanta chilometri all'ora, inoltrandosi sotto la galleria polare.

Quel tunnel formato tutto di blocchi di ghiaccio cementato con mistura di sale, era veramente meraviglioso.

Ogni cinquecento passi una lampada elettrica da tre o quattrocento candele, lo illuminava, facendo scintillare meravigliosamente le pareti, e ad ogni venti chilometri vi era uno sbocco laterale, attraverso cui si scorgevano delle casette di legno abitate dai sorveglianti della linea.

— Splendida! Splendida! — ripeteva Brandok, che si era seduto presso il manovratore fumando un buon sigaro avana. — Questa è certamente l'idea più grandiosa concepita dagli uomini del Duemila.

— Lo credo anch'io, signor Brandok — rispose Holker che lo aveva raggiunto, mentre Toby giocava una partita a whist con due inglesi.

— E non vi sarà pericolo che una volta o l'altra succeda una catastrofe? Supponiamo che in qualche luogo il ghiaccio ceda o si sgretoli per effetto delle pressioni, o che un pezzo di galleria si rompa. Come potrebbe questo carrozzone, lanciato a tale velocità, evitare un disastro?

— In un modo semplicissimo: fermandosi — disse Holker ridendo.

— Di colpo non è possibile; mancherebbe il tempo.

— Ma il manovratore lo potrebbe fermare molto prima se sulla linea vi fosse una interruzione che potesse causare un disastro.

— In qual modo?

— Abbiamo dinanzi a noi una macchina pilota che ci precede di cinque chilometri e che corre con egual velocità del nostro carrozzone

Brandok lo guardò come se non avesse compreso.

— Mio caro signore, — proseguì Holker — i costruttori di questa linea avevano previsto che dei gravi pericoli avrebbero potuto minacciare i viaggiatori appunto a causa delle pressioni e dei ghiacci, i quali galleggiano in molti luoghi sull'oceano, perciò hanno subito cercato di evitarli.

— Una cosa che mi sembrerebbe difficile.

— Per gli uomini del millenovecento forse sì, non per quelli del Duemila — disse Holker.

— Che cosa hanno pensato di fare?

— Far precedere i carrozzoni da un vagoncino che ha la funzione di pilota.

— Vuoto?

— Sì, signor Brandok, ed unito al carrozzone da un filo elettrico. Supponete ora che quel vagoncino paragonabile, pei suoi armamenti di fili elettrici, ai tentacoli che servono ai pesci ciechi per avanzarsi nelle grandi profondità o nelle caverne sottomarine, vada a urtare contro un ostacolo qualunque o precipiti in qualche spaccatura apertasi nei banchi di ghiaccio sostenenti la galleria; immediatamente l'urto viene trasmesso al manovratore del nostro carrozzone, il quale, messo in allarme dalla suoneria, s'affretta a fermarsi. Ecco dunque evitato qualsiasi pericolo. Si avvertono tosto gli uomini incaricati di riparare la galleria, questi si trasportano sul luogo ove il crollo o la frana sono avvenuti e riparano il guasto. Potete quindi viaggiare tranquillamente, signor Brandok senza temere alcun disastro.

— È ingegnoso il mezzo — disse il giovine.

— E sicuro, soprattutto — rispose Holker. — Signor Brandok, andiamo a coricarci. Il tempo passerà più in fretta e quando riapriremo gli occhi, noi saremo fra gli anarchici della colonia polare.

XI - La colonia polare

Una scossa piuttosto brusca, seguita da un tintinnio di campanelli elettrici e da un vociare piuttosto acuto, svegliò l'indomani mattina i viaggiatori, facendoli scendere precipitosamente dalle loro comode brande.

Il carrozzone, dopo una corsa velocissima durata tutta la notte, era giunto alla stazione ferroviaria del polo nord, e s'era fermato sotto una lunghissima tettoia di legno, chiusa alle estremità da gigantesche portiere a vetro e illuminata da un gran numero di lampade elettriche.

Parecchie persone, assai barbute, avvolte in pelli d'orso bianco, si erano raccolte intorno al tramvai parlando diverse lingue: spagnolo, russo, inglese, tedesco e perfino italiano.

Quasi tutti fumavano enormi pipe di porcellana, gettando in aria delle vere nuvole di fumo.

— Siamo al polo, amici miei — disse Holker, prendendo i bagagli.

— E chi sono questi uomini che ci guardano di traverso? — chiese Toby.

— Anarchici pericolosi, provenienti da tutti i paesi del mondo e condannati a finir qui la loro vita.

— Che triste esistenza devono condurre fra queste nevi!

— Meno di quello che credete, zio — rispose Holker.

— Ogni capo di famiglia ha una capanna di legno fornitagli dal suo governo e ben riscaldata con lampade a radium. Trascorrono la loro vita cacciando e pescando e non fanno cattivi affari trafficando in pellicce. E poi di quando in quando ricevono viveri e tabacco. Non sono proibiti che i liquori.

— E non si ribellano mai?

— I governi mantengono qui due dozzine di pompieri per tenerli a freno, e l'acqua è sempre mantenuta pronta dentro le pompe. Vi ho detto già come fulmina quell'acqua, e quale spavento incute a tutti.

— E sono molti qui gli anarchici?

— Un migliaio e quasi tutti hanno con loro una compagna.

— Ed i figli che nascono?

— Sono mandati in Europa ed in America a studiare ed a educarsi per farne dei cittadini operosi. Andiamo all'albergo del — Genio Polare —. È l'unico che ci sia e non ci troveremo male.

Uscirono dalla tettoia e si trovarono dinanzi a parecchie slitte tirate da cani esquimesi, guidate da uomini che parevano orsi marini.

Salirono su una slitta e partirono di corsa attraverso le vie del villaggio polare che erano coperte da uno strato immenso di neve.

Quelle strade erano ampie, illuminate da lampade elettriche, essendo già da giorni incominciata la lunga notte polare, e fiancheggiate da casette di legno ad un solo piano, semisepolte dalla neve. Enormi montagne di ghiaccio si elevavano intorno alla borgata e rifrangevano la luce delle lampade con effetto meraviglioso. Pareva che quelle case si trovassero incastrate fra diamanti giganteschi. Quantunque il freddo fosse così intenso da rendere perfino la respirazione dolorosa, parecchi abitanti passeggiavano per le vie, chiacchierando animatamente, come se si trovassero su un boulevard di Parigi o un Rintgstrasse di Berlino o di Vienna.

La slitta che era tirata da una dozzina di cani dal pelo lunghissimo che assomigliavano ad un tempo alla volpe e al lupo, attraversò sempre correndo parecchie vie sollevando attorno ai viaggiatori un fitto nevischio, che quasi subito si condensava ricadendo al suolo sotto forma di sottili aghi di ghiaccio, e si fermò finalmente davanti a una casa più vasta delle altre, però ad un solo

111

piano, anch'essa, riparata sul dinanzi da una galleria a vetri con parecchie porte onde impedire la dispersione del calore.

— L'albergo del — Genio Polare — — disse Holker.

— È tenuto anche questo da un anarchico? — chiese Toby.

— Da un terribile nichilista russo, che trent'anni addietro lanciò tre bombe contro Alessio III, imperatore di Russia.

— Che non ci faccia saltare in aria per provare qualche nuovo esplosivo? — chiese Brandok.

— Rogodoff è diventato un vero agnellino e credo che non nutra più odio nemmeno contro l'imperatore, da quando quel potente ha rinunciato all'autocrazia.

— È cambiata la Russia?

— Oggi ha una Camera e un Senato, come gli altri stati.

— Dunque non più deportati in Siberia? — disse Toby.

— La Siberia è diventata un paese civile quanto gli Stati Uniti, la Francia, l'Inghilterra, e non ha più un deportato.

Entrarono nell'albergo che era bene riscaldato dalle lampade a radium e arredato con una certa eleganza, con sedie imbottite, tavolini coperti di tovaglie di carta di seta e stoviglie di lusso. Vi erano dentro alcuni abitanti della colonia e anche qualche esquimese, occupati a tracannare dei boccali di birra, prima sgelata non senza fatica.

Erano tipi veramente poco rassicuranti, con delle barbe incolte che davano loro un aspetto brigantesco. Nondimeno salutarono cortesemente i nuovi arrivati, in diverse lingue. I tre amici sedettero ad un tavolino e fecero portare della zuppa di *pemmican*, del fegato di tricheco, del narvalo arrostito e frutti gelati e così duri che quasi non riuscivano a mangiarli.

— Anche al polo non si sta male — disse Brandok, sorseggiando una tazza di caffè ben caldo.

— Chi ce l'avrebbe detto che cent'anni più tardi si sarebbe potuto divorare una colazione al 90° parallelo? Ditemi un po', signor Holker, voi che siete stato qui altre volte, che cosa hanno trovato di sorprendente al polo?

— Null'altro che ghiaccio ed una montagna altissima che sembra un vulcano spento.

— E su quella s'incrociano tutti i meridiani del nostro globo?

— E vi si nasconde uno dei due cardini della terra — rispose Holker, scherzando.

— Ed al polo sud hanno pure aperta una galleria? — chiese Toby con curiosità.

— Non ancora; però i nostri scienziati stanno studiando assiduamente su ciò che meglio converrà fare anche in quell'estremo lembo del mondo. C'è una grave questione che è più importante d'una galleria polare e che preoccupa molto.

— E quale? — chiesero Toby e Brandok che si mostravano sempre più curiosi.

— Cercano il modo di equilibrare il nostro pianeta per liberare i nostri discendenti da uno spaventoso cataclisma, da un altro diluvio universale insomma — disse Holker. — Non si scioglierà certo in questo secolo quell'arduo problema, tuttavia nel secolo venturo qualche cosa si farà. Comprenderete che si tratta di salvare cinque continenti e centinaia di milioni di vite umane.

— Spiegati meglio — disse Toby. — Non ti capisco; che cosa vogliono tentare gli scienziati del Duemila?

— Salvare il mondo, ve l'ho detto.

— Chi lo minaccia?

— I ghiacci del polo sud.

— In qual modo?

— Squilibrando il nostro globo. Al polo sud si è constatato che i ghiacci da un secolo a quest'oggi, hanno fatto dei progressi spaventevoli, raggiungendo l'incredibile altezza di trentasette chilometri. Non essendovi laggiù mai piogge nè avvenendo squagliamenti considerevoli, la neve che cade si muta in ghiaccio compatto, il quale esercita una pressione enorme, nonostante le perdite cui va soggetta la calotta gelata per la dislocazione di quegli immensi massi che staccandosi dai suoi margini estremi vanno a perdersi nell'Oceano Atlantico e nel Pacifico. Inoltre le acque dei mari circostanti, restando sotto il punto di congelamento come hanno constatato i nostri ultimi navigatori, contribuiscono ad aumentare il volume della sterminata massa glaciale risultata dalle incessanti nevicate.

— Capisco — disse Toby.

— Da migliaia e migliaia d'anni dunque, la calotta glaciale del polo sud, che non è altro che una immane montagna di ghiaccio, non ha fatto altro che aumentare, occupando oggidì una superficie di otto milioni di miglia quadrate, pari cioè a quella di tutta l'America settentrionale. Quel peso immenso che cosa produrrà? Uno spostamento del nostro pianeta simile a quello già avvenuto venticinquemila anni fa, prodotto dalla massa della calotta di ghiaccio del polo artico che rovesciò sul nostro globo quel tremendo diluvio di cui parlano gli antichi e di cui ormai abbiamo prove lampanti. Collo sconquasso antartico le terre settentrionali verranno indubbiamente sommerse per lasciar sorgere invece quelle meridionali che ora si trovano sott'acqua.

— E i vostri scienziati ritengono che quella catastrofe avverrà? — chiese Toby.

— Nessuno più ne dubita, — rispose Holker. — Il movimento delle acque del polo sud è strettamente connesso coll'aumento graduale della calotta di ghiaccio australe, e la conseguenza di ciò sarà che tre quinti delle acque del globo si troveranno spostate dal primitivo loro centro di gravità e pronte a rovesciarsi verso il nord.

Quindi è facile comprendere quanto sia precaria la situazione degli abitanti dell'emisfero settentrionale, anzi quanto sia pericolosa. Tutta la nostra salvezza risiede nella coesione degli ottanta milioni di chilometri cubi di ghiaccio che gravitano sul polo australe. Il franamento di quell'enorme massa di ghiaccio avrebbe per effetto lo spostamento della forza di gravità, il ghiaccio sarebbe istantaneamente trasferito sulla parte settentrionale del nostro globo e i frammenti della calotta antartica con tutte le acque trattenute ora intorno ad essa si rovescerebbero con impeto irresistibile verso il polo nord attraverso l'Oceano Atlantico e Pacifico.

— Che momento sarà quello! — disse Brandok. — Fortunatamente noi non saremo più vivi allora, a meno che l'amico Toby non trovi il mezzo di riaddormentarci per secoli.

— Una seconda prova ci sarebbe fatale — rispose il dottore.

— Signor Holker, — chiese Brandok — gli scienziati moderni approssimativamente hanno calcolato quando potrebbe accadere quella tremenda catastrofe?

— Positivamente no; è certo però che la massa della calotta glaciale non potrà essere ragionevolmente prolungata al di là di un certo punto. Potrà accadere fra mill'anni come potrebbe accadere fra dieci.

— Se dovesse avvenire, sarebbe certo un disastro spaventevole — disse Toby.

— Immaginatevi, zio, la immensa voragine lasciata aperta dallo spostamento d'una massa di oltre cento milioni di metri cubi! Scendendo dal polo australe la valanga dei massi giganteschi scaverà un immenso solco negli oceani le cui acque si troveranno lanciate con impeto irresistibile sulle sponde dell'America meridionale, dell'Africa e dell'Australia.

Dopo aver sepolto sotto massi enormi di ghiaccio quei continenti, il diluvio attraverserà l'equatore, si lancerà sull'America del Nord, sull'Europa e sull'Asia distruggendo dappertutto la vita e l'opera dell'uomo.

— Dove un tempo s'innalzavano superbi edifici e città e si estendevano campi, sarà la desolazione più lugubre, il più spaventoso deserto.

— E i vostri scienziati pensano di evitare una simile catastrofe? — chiese Brandok.

— Studiano il progetto da moltissimi anni — rispose Holker. — Sarà il più grande successo della scienza del Duemila.

— Si tratterebbe di alleggerire del troppo peso il polo australe — disse Toby.

— E per di più trasportarlo al polo boreale — rispose Holker.

— Diavolo! — disse Brandok. — Ecco un'impresa che mi pare difficile.

— Altri, e mi sembra che la cosa possa essere più facile, propongono di rimorchiare parte della immensa calotta gelata fino sotto l'equatore e lasciarla sciogliere.

— Che razza di macchine ci vorrebbero!

— Eppure vedrete, se camperemo molto, che i nostri scienziati riusciranno a mantenere in equilibrio il nostro pianeta e a salvare l'umanità.

— Dopo tutto quello che ho veduto finora, non ne dubito nemmeno io — disse Toby. — Che progressi ha fatto la scienza in questi cent'anni! C'è da perdere la testa.

XII - Verso l'Europa

Per tre giorni Holker ed i suoi due amici si trattennero nella colonia polare facendo delle escursioni nei dintorni, sulla slitta dell'albergo, visitando parecchie case degli anarchici e qualche capanna esquimese, nonostante il freddo eccessivo che regnava all'aperto e la profonda oscurità addensata sugli sterminati banchi di ghiaccio della regione polare.

Dovettero constatare, e ne furono molto lieti, che quegli uomini, un giorno così pericolosi, erano diventati assolutamente pacifici e mansueti come agnellini.

Era l'influenza del freddo o l'isolamento che aveva operato quel prodigio su quei cervelli esaltati? Probabilmente l'una e l'altra cosa insieme.

Certo non ci trovavano più gusto a parlare di bombe, d'incendi e di stragi, con un freddo di 45° sotto zero! Preferivano fumare la pipa accanto ad una lampada a radium, godendosi il calore che essa mandava.

Come si vede, i governi d'Europa e d'America avevano avuto una eccellente idea a mandarli in quel clima, perchè... si raffreddassero.

La mattina del quarto giorno, mentre Holker, Brandok e Toby stavano prendendo una bollente tazza di tè, furono finalmente avvertiti che durante la notte era giunto il tramvai elettrico dallo Spitzbergen e che si preparava a far ritorno in Europa.

— Partiamo, amici — disse Holker. — D'inverno il polo è poco piacevole, e ritengo che ne abbiate abbastanza del nostro soggiorno fra i ghiacci eterni.

— Amerei di più trovarmi in un clima meno rigido — rispose Brandok. — Io non ho nelle mie vene il sangue ardente degli anarchici.

— E nemmeno io — disse Toby.

— Quando giungeremo allo Spitzbergen? — chiese Brandok.

— Fra sessanta ore, essendo la galleria europea più lunga di quella americana.

— E poi dove andremo?

— C'imbarcheremo sul battello volante che fa il servizio fra le isole e l'Inghilterra. Desidero mostrarvi un'altra meraviglia.

— Quale?

— I grandiosi mulini del Gulf-Stream.

— Che cosa saranno?

— Dei mulini, vi ho detto.

— Per macinare granaglie?

— Oh no!... Poi andremo a visitare una delle città sottomarine inglesi dove si trovano relegati i più pericolosi banditi del Regno Unito. Ecco la slitta: andiamo, amici.

Saldarono il conto, presero i loro bagagli e salirono sulla slitta dell'albergo che era tirata da sei vigorosi cani di Terranova, più robusti e più obbedienti di quelli di razza esquimese.

Un quarto d'ora dopo si fermavano sotto la tettoia della stazione europea che si trovava nell'altro lato della città.

Un carrozzone simile a quello della linea americana aspettava i viaggiatori.

Anche quello era diviso in scompartimenti e addobbato con lusso ed eleganza.

Vi salirono e qualche minuto dopo il tramvai, preceduto dalla macchina pilota, partita già cinque minuti prima, si cacciava sotto la galleria europea fatta costruire a spese delle nazioni settentrionali del continente: Russia, Svezia, Norvegia ed Inghilterra.

Nelle dimensioni, e nella forma non era diversa da quella americana. Era solamente un po' meno illuminata, non disponendo le nazioni europee settentrionali d'una forza elettrica pari a quella nordamericana, perchè non hanno le cascate del Niagara.

Cinquanta ore dopo i tre viaggiatori, che avevano veduto a poco a poco diradarsi le tenebre di miglio in miglio che s'allontanavano dal polo, giungevano felicemente sulle coste settentrionali della maggior isola del gruppo dello Spitzbergen.

Avevano costeggiato per un lungo tratto la Groenlandia settentrionale, poi avevano attraversato una parte dell'oceano coperto da immensi banchi di ghiaccio, giungendo alla stazione russa.

La galleria terminava là; però la linea continuava fino al Porto della Ricerca.

Con molta sorpresa di Toby e Brandok videro ergersi sulle rive nevose di quella baia, cent'anni prima appena frequentata da rari balenieri e da cacciatori di foche, dei palazzi imponenti, che erano alberghi destinati ad accogliere nella stagione estiva i ricchi europei.

Il freddo ora aveva messo in fuga albergatori ed ospiti. Vi si trovavano invece due o tre dozzine di pescatori di merluzzi ed alcuni guardiani incaricati della sorveglianza degli alberghi.

Holker s'informò se il vascello volante inglese era giunto ed ebbe una risposta negativa.

Ventiquattro ore prima un violento ciclone si era scatenato sull'Atlantico settentrionale e probabilmente aveva costretto il vascello aereo a rifugiarsi in qualche porto della Norvegia.

Era anzi probabile che non potesse arrivare nemmeno il giorno dopo, essendo il cielo assai nebbioso ed il vento violentissimo.

— Noi, già, non abbiamo fretta — disse Brandok. — Qui fa meno freddo che al polo.

— Gli è che non vi è alcun albergo aperto in questa stagione — rispose Holker. — Saremo costretti a rimanere nelle sale della stazione o a chiedere asilo a qualche famiglia di pescatori.

— Per noi poco importa — disse Toby.

Non fu difficile accordarsi con una famiglia mediante un modesto compenso. La casetta era pulitissima, essendo i suoi proprietari norvegesi, ben riscaldata e anche ben provvista di viveri.

— Ci troveremo bene anche qui — disse Brandok.

— E avremo carne a tutti i pasti, — disse Holker — ciò che al giorno d'oggi non si può trovare dappertutto sui continenti.

— Carne d'orso? — chiese Toby.

— Sono più di cinquant'anni che gli orsi sono scomparsi — rispose Holker. — Anche nelle regioni polari, ormai, la selvaggina è diventata rarissima. Qui invece si allevano ancora molte renne che vengono poi esportate in Russia e anche in Norvegia. Nonostante i lunghi inverni e le forti nevicate, quegli animali riescono a trovare ancora di che nutrirsi, cercando i licheni sepolti sotto il ghiaccio.

— E in estate è popolata questa grande isola? — chiese Toby.

— È una stazione di prim'ordine, mio caro signore. Non vi giungono mai meno di cinque o seimila persone.

— Ai nostri tempi le montagne bastavano.

— Quelle servono ai modesti borghesi.

— Farà buoni affari in quella stagione la linea polare?

— I viaggiatori accorrono al polo a migliaia.

— E questi pescatori che cosa fanno qui?

— Aspettano il passaggio dei grandi branchi di merluzzi. Sapete che quegli eccellenti pesci non frequentano più le coste di Terranova?

— Hanno sentito anche loro il bisogno di qualche novità?

— Sembra — rispose Holker. — Da sessanta e più anni non si mostrano più sulle coste canadesi.

Ora frequentano questi paraggi, dove si lasciano prendere in numero sterminato.

— Si pescano ancora con le lenze?

— Anticaglie quelle. Oggi delle gigantesche navi munite di motori d'una potenza straordinaria vengono qui e gettano delle reti di cinque o sei miglia di lunghezza, che vengono poi rapidamente rimorchiate a terra. Bastano pochi giorni per terminare la stagione della pesca, mentre ai vostri tempi durava quattro mesi.

— Tutto ad elettricità! — esclamò Brandok. — Quanti cambiamenti in questi cent'anni! Si fa tutto in grande!

— Se così non si facesse, come potrebbe nutrirsi l'umanità? La pesca oggi è quadruplicata e ringraziamo la Provvidenza che abbia popolato tanto gli oceani!

Si erano seduti dinanzi ad una tavola ben apparecchiata dalla moglie e dalle figlie del pescatore. Vi fumava un enorme pezzo di renna arrostito che fu dichiarata squisita.

Divorarono poscia un'abbondante zuppa di pesce, vuotarono alcune tazze di latte di renna, poi, essendosi il vento un po' calmato, fecero una escursione nei dintorni della baia colla speranza di veder giungere il vascello aereo che doveva condurli in Europa.

Non fu che alle prime ore dell'indomani che furono avvertiti dal loro ospite che il vascello aereo era comparso all'orizzonte.

Sorseggiarono una tazza di tè e, indossati i grossi mantelli di pelle d'orso, si precipitarono verso la baia, per godersi lo spettacolo dell'arrivo.

Il vascello volante era ormai visibile e solcava lo spazio maestosamente, tenendosi a centocinquanta metri dai banchi di ghiaccio che si stendevano sull'oceano.

Somigliava agli omnibus volanti che già Brandok e Toby avevano veduto a Nuova York, però più in grande, avendo la piattaforma più larga, dieci ali, quattro eliche mostruose e doppi timoni. Sopra si estendeva una galleria a vetri, riservata ai viaggiatori, e sormontata da un albero con una antenna, probabilmente qualche apparecchio elettrico per la trasmissione dei telegrammi aerei.

Il vascello che si avanzava con grande velocità fu ben presto sopra la baia. Descrisse, nonostante il forte vento, una curva assai allungata, ed andò a posarsi dolcemente entro un recinto costruito su una collinetta che sorgeva a qualche centinaio di metri dalla stazione estiva.

— Andiamo a raggiungerlo subito — disse Brandok, che li aveva seguiti assieme al pescatore che portava le valigie. — Il *Centauro* non si ferma più d'un quarto d'ora, appena il tempo sufficiente per consegnare la posta e sbarcare dei viveri e del tabacco per i pescatori e per i guardiani.

Salirono la collina, entrarono nel recinto e s'imbarcarono, dopo aver fatto acquisto del biglietto.

A bordo del vascello aereo non vi erano che sette uomini: il comandante, due macchinisti, due timonieri, uno stewart ed un medico.

L'interno della galleria era diviso in quattro scompartimenti. Uno riservato alle macchine e all'equipaggio; uno a camera da letto, suddivisa in piccole cabine di leggera lamiera d'alluminio o d'un metallo consimile; il terzo a sala da pranzo; il quarto a biblioteca e sala da conversazione, con un organo elettrico per divertire i viaggiatori.

— Bellissimo! — aveva esclamato Brandok, osservando i ricchi mobili che arredavano le sale.

— Meraviglioso!

— E quello che conta, tanto più sicuro delle navi che solcano gli oceani — disse Holker.

— Quando giungeremo a Londra? — chiese Toby.

— Fra quarantasei ore — disse il comandante della nave. — Dobbiamo spingerci prima fin sulle coste

122

dell'Irlanda per deporre nella città sottomarina un pericoloso galeotto che ci è stato consegnato dalle autorità norvegesi di Bergen e che è suddito inglese.

— Ecco una buona occasione per visitare quella città, — disse Holker, — e anche i grandi mulini del Gulf-Stream. Non supponevo di essere tanto fortunato.

— Avete più nulla da imbarcare? — chiese il capitano. — Null'altro, signore — rispose Brandok.

— Allora partiamo senza indugio: sta per scoppiare un nuovo ciclone e non amo fermarmi qui o dovermi rifugiare ancora nei *fiords* della Norvegia. A causa degli uragani sono già in ritardo di due giorni.

Il *Centauro*, ad un comando del capitano, aveva rimesso in movimento le due poderose macchine e si era innalzato di duecento metri salutando la popolazione della stazione con dei sibili acutissimi.

Girò due volte sulla baia, poi prese lo slancio dirigendosi verso sud-ovest, con rapidità fantastica.

Dinanzi alla baia si estendevano degli immensi banchi di ghiaccio, solcati da canali più o meno larghi e che mandavano in alto un bagliore intenso, quasi accecante, dovuto alla rifrazione di tutta quella massa trasparente. In lontananza invece appariva la tinta azzurrocupa del mare che indicava le acque libere dell'Oceano Atlantico.

Brandok, Toby e Holker, ben coperti dai loro mantelli di pelo, si erano seduti fuori della galleria, sulle panchine di prora, per godersi meglio quello spettacolo.

Il vascello volante, nonostante la sua mole, si comportava meravigliosamente bene, gareggiando coi lesti gabbiani e coi grossi albatros che lo seguivano o lo precedevano.

Manteneva una linea rigorosamente diritta, orientata sulla bussola, senza abbassarsi nemmeno d'un metro.

Non era un pallone, era un vero vascello che obbediva alle mosse dei due timoni, che funzionavano come le code dei volatili.

— Una scoperta stupefacente — ripeteva Brandok, che respirava a pieni polmoni l'aria gelata eppur vivificante dell'oceano. — Chi avrebbe detto che l'uomo sarebbe riuscito a dividere cogli uccelli l'impero dello spazio? Che cosa sono i famosi condor in confronto a questi vascelli volanti? — Questi vascelli superano in velocità gli uccelli? — chiese Toby.

— Li lasciano indietro senza fatica — rispose Holker.

— Anche le fregate?

— Sono gli unici volatili che li superano, potendo quelli percorrere centosessanta chilometri all'ora.

— E gli albatros? — chiese Brandok.

— Quantunque abbiano un'ampiezza d'ali che in media va dai quattro metri ai quattro e mezzo, non possono lottare colle fregate.

— Che velocità sviluppano queste navi volanti?

— Centocinquanta chilometri all'ora — rispose Holker.

— E dire che noi, ai nostri tempi, andavamo superbi delle nostre torpediniere, che riuscivano a percorrere ventiquattro o venticinque miglia all'ora! — disse Toby. — Che progressi! Che progressi!

— Ditemi, signor Holker — disse Brandok. — Le navi moderne che velocità raggiungono?

— Le cinquanta e anche le sessanta miglia all'ora — rispose l'interrogato.

— Che macchine hanno?

— Mosse dall'elettricità.

— E la forma è quella d'un tempo?

— Giudicatene voi. Ecco laggiù appunto una nave che forse viene dall'Isola degli Orsi. Vi sembra che rassomigli ad una di quelle che percorrevano gli oceani ai vostri tempi?

Brandok e Toby si erano vivamente alzati guardando nella direzione indicata dal loro amico e videro delinearsi sull'orizzonte una specie di fuso lunghissimo che correva sulle onde con estrema rapidità, senza alcuna traccia di fumo.

— Quella nave è il *Tangaroff* — disse il capitano del vascello aereo. — Viene dal Mar Bianco e si reca in Islanda. Una bella nave, ve lo dico io, che cammina come uno squalo. Non ha paura dei ghiacci la sua prora!

— Non rassomiglia affatto alle navi che solcavano i mari ai nostri tempi — disse Brandok quando il capitano si fu allontanato. — Le hanno modificate i costruttori del Duemila?

— In gran parte, per ottenere una maggiore velocità e meno rollio e beccheggio — disse Holker. — Hanno dato allo scafo una forma di sigaro molto affilato a prora e la coperta è quasi scomparsa non essendovi che il posto per una torre destinata ai timonieri. Come vedete, le navi moderne sono quasi tutte sommerse e chiuse sopraccoperta in modo che durante le tempeste le onde possano spazzarle senza produrre il minimo inconveniente.

— Sapete che cosa mi ricordano, nella forma, queste nuove navi? I battelli sottomarini che si incominciavano ad usare ai nostri tempi.

— È vero — confermò Toby. — E come procedono? Ancora ad elica?

— Sì, e a ruote. Sotto la carena entro appositi incavi ne hanno otto, dieci e perfino dodici, che talvolta aiutano potentemente le eliche poppiere — disse Holker.

— Con questo doppio sistema che ricorda un po' i nostri antichi piroscafi rotanti, i nostri ingegneri navali hanno potuto imprimere alle nostre navi cinquanta e perfino sessanta miglia all'ora.

— E voi mi avete detto che non, rollano e non beccheggiano?

125

— Il mal di mare è ora quasi sconosciuto, sui piroscafi moderni, e anche le più formidabili ondate non riescono nemmeno a scuoterli.

— E perchè? — chiese Toby.

— Perchè i loro fianchi sono spalmati d'una vernice grassa che, distendendosi lentamente sull'acqua, produce il medesimo effetto dell'olio usato dai balenieri nelle tempeste.

— Che cosa non hanno inventato questi uomini del Duemila! — esclamò Brandok.

— Molte cose, infatti, e utilissime — rispose Holker, sorridendo.

— E di navi a vela ce ne sono ancora? — chiese Toby.

— Da settant'anni non se ne vede più una. Guardate che bella nave e ditemi se non vale meglio di quelle che navigavano cent'anni fa.

XIII - Navi volanti e marittime

Il *Tangaroff* in quel momento incrociava il battello volante, passandovi a babordo.

Era un fuso enorme tutto in acciaio, lungo più di centocinquanta metri, colla prora acutissima e largo al centro una quindicina di metri.

Era tutto coperto, con un gran numero di finestre al posto della coperta difese da vetri che dovevano avere un grande spessore.

Nel mezzo si ergeva una torre pure in metallo, alta quattro metri, sulla cui piattaforma stavano seduti, presso la ruota, due timonieri. Dietro si innalzava un albero per la telegrafia aerea.

Filava velocemente, quasi senza produrre alcun rumore, lasciandosi dietro una scia candidissima che pareva oleosa.

Più che una nave, sembrava un balenottero lanciato a tutta velocità.

Nel momento in cui passavano sotto il *Centauro*, l'apparato elettrico di questo fece udire un lungo tintinnio e registrò un dispaccio lanciato dai timonieri del *Tangaroff*.

Era un cordiale — buon viaggio — che inviavano ai naviganti dell'aria, unitamente alla notizia che i ghiacci avevano ormai interrotta la navigazione nel Mar Bianco.

— Bella! Splendida! — esclamò Brandok che seguiva collo sguardo il velocissimo piroscafo.

— Quando potrà giungere in Islanda?

— Domani sera — rispose Holker.

— Malgrado i ghiacci?

— Se ne ridono dei ghiacci le nostre navi. Li assalgono a colpi di sperone e li disgregano per quanto spessore abbiano. Sono veri arieti, d'una potenza inaudita.

— Nipote mio, — disse Toby — che cosa è avvenuto dei battelli sottomarini che ai nostri tempi facevano tanto parlare?

— Dopo che le guerre sono state rese impossibili, sono scomparsi o quasi. Ve ne sono ancora alcuni che servono per le esplorazioni sottomarine e per il ricupero delle ricchezze perdute in fondo ai mari.

— E del Canale di Panama? — chiese Brandok.

— È compiuto, mio caro signore, e già da 85 anni.

— Quella grande impresa è stata condotta a termine?

— Sì, dai nostri connazionali; ed altre ancora ne sono state ultimate per accorciare i viaggi alle navi. L'istmo di Corinto che univa la Morea alla Grecia è stato pure tagliato; quello della penisola di Malacca pure, ed ora si sta compiendo un'altra grande opera.

— Quale?

— Il grande deserto del Sahara sta per divenire un mare accessibile anche alle più grandi navi. Ci lavorano da cinque anni e fra cinque o sei mesi anche quell'opera sarà compiuta.

— Che cosa vi rimane ora da fare? — chiese Brandok.

— Mantenere il mondo in equilibrio, ve lo dissi già, — rispose Holker — e speriamo che vi riescano i nostri scienziati. La campana ci chiama a colazione; quest'aria marina mi ha messo addosso un appetito da lupo. Imitatemi amici; vi troverete meglio dopo.

Mentre passavano nel salotto da pranzo, il vascello volante continuava la sua corsa verso sud-ovest, divorando lo spazio con una rapidità di centoventi chilometri all'ora. L'oceano era sempre coperto da vasti banchi di ghiaccio e anche *ice-bergs* i quali proiettavano dei riflessi accecanti.

Qua e là si scorgevano dei canali, entro i quali mostravasi ancora qualche rarissima foca, una delle poche sfuggite alle feroci distruzioni dei pescatori norvegesi e russi.

I tre amici stavano per terminare il pasto, semplice sì ma assai abbondante, quando udirono la suoneria dell'apparato elettrico tintinnare e poco dopo videro comparire il capitano colla fronte abbuiata.

— Avete ricevuto qualche cattivo dispaccio, comandante? — chiese Holker.

— Mi telegrafano dalla stazione scozzese di Capo York che una bufera terribile imperversa da due giorni intorno alle isole britanniche — rispose il capitano. — S'annuncia ben cattivo l'inverno, quest'anno.

— Sarete costretto a rifugiarvi nuovamente sulle coste norvegesi?

— Non voglio perdere altro tempo; sfiderò il ciclone.

— Resisterà la vostra nave? — chiese Brandok.

— Non vi inquietate signori; il mio *Centauro* è costruito con acciaio di prima qualità.

Non erano trascorse tre ore, che già la bufera, annunciata dalla stazione scozzese, si faceva sentire anche nei paraggi percorsi dal vascello volante.

Il cielo si era oscurato e dei soffi impetuosi, delle vere raffiche marine giungevano dal mezzodì, investendo poderosamente le ali e le eliche del *Centauro*.

L'oceano si rompeva in ondate che diventavano rapidamente altissime, le quali disgregavano con mille fragori i banchi di ghiaccio scendenti dall'isola Jean Mayen. Il comandante aveva dato ordine ai suoi macchinisti di aumentare la velocità sperando di sottrarsi agli assalti imminenti del ciclone e dando la possibilità ai timonieri di dirigersi verso ovest per evitare il centro della bufera. Tuttavia il *Centauro* subiva dei sussulti improvvisi e si trovava talvolta impotente a resistere alle raffiche. Già più d'una volta era stato trascinato per qualche tratto verso il settentrione, nonostante gli sforzi delle ali e delle immense eliche.

— Cadremo in mare? — chiese Brandok, che si era collocato dietro i vetri dello scompartimento prodiero.

— Anche se ciò avvenisse, poco danno ne avremmo — rispose Holker.

— Non andremo sott'acqua?

— Niente affatto, mio caro signore. I nostri ingegneri avevano pensato anche a simili disgrazie e vi hanno posto rimedio.

— In qual modo?

— Non avete osservato che la parte inferiore della piattaforma è quasi sferica come quella delle scialuppe e delle navi e che ha anche una chiglia? Nell'interno vi sono delle casse d'aria le quali impediranno al *Centauro* di sommergersi.

— Sicchè queste navi volanti si possono, all'occorrenza, trasformare in scialuppe! — esclamò Toby con stupore.

— E perfettamente navigabili, zio, — rispose Holker — perchè la poppa nasconde entro un incavo un'elica di metallo, che funziona colla stessa macchina che mette in moto le ali.

Come vedete nessun pericolo ci minaccia e anche calando, noi potremo giungere egualmente in Inghilterra.

— C'è da impazzire — disse Brandok. — Questi uomini moderni hanno pensato a tutto.

La bufera intanto, aumentava di miglio in miglio che il *Centauro* guadagnava.

Il vento si era scatenato con un fragoroso accompagnamento di urli, di fischi e di muggiti, balzando ora dal sud al nord ed ora dall'est all'ovest, come se Eolo fosse completamente impazzito.

Lo spettacolo che offriva l'oceano da quell'altezza era spaventevole e nello stesso tempo meraviglioso.

Montagne d'acqua, nere come fossero d'inchiostro e colle creste invece candidissime e quasi fosforescenti, si rovesciavano in tutte le direzioni, accavallandosi e rimbalzando a grande altezza.

Si formavano abissi profondi che subito si riempivano per riaprirsi più oltre, e dai quali uscivano dei muggiti formidabili, prodotti dall'irrompere tumultuoso delle acque.

Tutto il giorno il *Centauro* lottò vigorosamente, ora innalzandosi ed ora abbassandosi, respinto sovente fuori dalla sua rotta; e quando cadde la sera si trovò avvolto in una nebbia così fitta, che le lampade a radium non riuscivano a romperla.

— Ecco un altro pericolo e forse maggiore — disse Brandok.

— Perchè? — chiese Holker.

— Se il *Centauro* s'incontrasse con qualche altro vascello aereo procedente in senso inverso, chi riuscirebbe a salvarsi da una collisione fra due macchine spinte colla velocità di centocinquanta chilometri all'ora?

— Non temete — disse Holker. — Ciò può avvenire in una città dove le macchine volanti sono numerosissime, in mare no.

— E perchè no?

— Ogni macchina volante è fornita d'un eofono.

— Che bestia è questo eofono?

— Un semplice eppure preziosissimo, apparecchio, formato da due imbuti ricevitori del suono, separati fra di loro da un diaframma centrale. Questi due imbuti vengono applicati agli orecchi del timoniere e quando questi apparecchi si trovano nella direzione delle onde sonore emesse da un corpo qualunque, producono un rumore nella medesima intensità e sono così sensibili da registrare le vibrazioni più impercettibili. Supponete ora che un vascello volante s'accosti a noi. Il rumore che produce, spostando la massa d'aria, e anche le vibrazioni delle ali si trasmettono subito agli imbuti del nostro timoniere. Che cosa si fa allora? Si lancia un telegramma che viene raccolto e trasmesso sul vascello dall'apparecchio elettrico. Entrambi i vascelli volanti si fermano e deviano, ed ecco tolto ogni pericolo d'investimento. Che cosa ne dite ora, signor Brandok?

Il giovine scosse il capo senza rispondere.

Anche durante l'intera notte l'uragano non cessò un momento di infuriare. Il vento che soffiava ad oriente aveva respinto il *Centauro* assai lontano dalla sua rotta, trascinandolo in mezzo all'Oceano Atlantico.

A mezzodì, quando il capitano, approfittando d'un raggio di sole fece il punto, s'accorse d'aver oltrepassata la Scozia di qualche centinaio di miglia.

— Pel momento dobbiamo rinunciare alla speranza di approdare in Inghilterra — disse ad Holker, che lo interrogava. — Il vento ci trascina come se il mio *Centauro* fosse diventato un veliero e non sarebbe prudente cercare di resistergli.

— E dove andremo a finire noi?

— Vi spaventa una corsa in mezzo all'Atlantico?

— No, purchè il vento non ci faccia tornare in America. Noi desideriamo visitare le grandi capitali degli stati europei.

— Quando il ciclone si calmerà, riprenderemo la corsa verso l'Inghilterra. A Liverpool prenderete o il treno o il vascello che va a Londra. Non è questione che di qualche giorno di ritardo. Questo ventaccio finirà per cambiare.

Il capitano s'ingannava.

L'uragano imperversò con furia estrema per due giorni ancora, mettendo più volte in serio pericolo il *Centauro* le cui ali a poco a poco si sfasciavano.

La mattina del terzo giorno, quando già il vento cominciava finalmente a scemare di violenza, il capitano

132

avvertì i viaggiatori di rifugiarsi nella galleria per non venire trascinati via dalle onde.

— Scendiamo in mare? — chiese Holker.

— Sì, signore, — rispose il comandante. — Il *Centauro* non si sostiene in aria che con grandi sforzi e piuttosto di cadere improvvisamente, preferisco scendere.

— L'oceano è sconvolto — osservò Brandok.

— L'armatura della galleria è di una solidità a tutta prova ed i vetri hanno uno spessore di cinque centimetri. Le onde non riusciranno mai a sfondarla. Diventiamo marinai dopo essere stati volatili. Noi già, non soffriamo il mal di mare.

Entrarono nella galleria assieme all'equipaggio e al comandante, potendosi maneggiare i due timoni anche dall'interno, ed il *Centauro* calò lentamente in mezzo ai flutti.

Brandok, Toby e anche Holker, per un momento temettero di finire in fondo all'Atlantico.

Appena il vascello volante si posò sulle acque subì una serie di sussulti e di beccheggi così spaventevoli da temere che si rovesciasse per non raddrizzarsi mai più.

Appena però le due eliche d'acciaio uscirono dalle loro nicchie e si misero in moto, il *Centauro* riprese la sua stabilità e si mise in marcia come un piroscafo qualunque, salendo e scendendo i cavalloni.

I cassoni d'aria che riempivano la sua carena lo tenevano meravigliosamente a galla, meglio d'una botte vuota. Ma che soprassalti di quando in quando. E che ondate doveva sopportare la galleria! I marosi vi si precipitavano sopra con furia incredibile, facendo tremare le armature. Guai se i vetri avessero ceduto! Nessuna delle persone rinchiuse sarebbe uscita più viva.

— Perbacco! — mormorava Brandok, che si teneva aggrappato ad uno dei sostegni della galleria, per poter meglio resistere a quelle scosse. — Ecco una emozione che fa venire la pelle d'oca. Signor Holker, non finiremo per caso il nostro viaggio con un capitombolo negli abissi dell'Atlantico?

— Non abbiate paura; questi vascelli sono meravigliosamente costruiti e possono resistere anche in mare alle più violente ondate. Non vedete come sono tranquilli i macchinisti e i timonieri? Da questo potete capire se si ritengono perfettamente sicuri.

— E dove ci troviamo noi? — chiese Toby.

— A non meno di quattro o cinquecento miglia dalle coste della Spagna — rispose il capitano che lo aveva udito.

— Della Spagna avete detto? Dell'Inghilterra volevate dire.

— No, signore. Il vento, dopo averci allontanato dalle coste inglesi, ci ha trascinati verso il sud in direzione delle isole Canarie.

— E torneremo in Europa così? — chiese Brandok.

— Il mio povero *Centauro* non può ormai più riprendere il volo. Guardate come i cavalloni frantumano le ali e le eliche. Ma non ve ne date pensiero; noi camminiamo con una velocità di quaranta miglia all'ora, perchè le macchine non si sono guastate. Fra due giorni al più giungeremo a Lisbona od a Cadice, ed in quei porti, navi e vascelli volanti diretti in Inghilterra ne troverete quanti vorrete.

— Sicchè, — disse Brandok — noi saremo costretti a tagliare la corrente del Gulf-Stream per tornare in Europa?

— Certo — rispose il capitano.

— Avremo occasione di vedere quei famosi mulini?

— Cerco anzi di dirigermi verso l'isola N. 7, per vedere se là posso sbarazzarmi del galeotto che si trova chiuso nell'ultima cabina, e che voi non avete ancor veduto. Quell'isola si trova a venticinque miglia dalla città sottomarina portoghese d'Escario; potrei risparmiare una gita inutile fin là.

— No, signor capitano — disse Holker. — I miei amici non hanno ancora veduto uno di quei rifugi dei peggiori bricconi del mondo. Siamo pronti a pagare doppio biglietto se ci condurrete ad Escario.

— Sia — rispose il comandante dopo una breve esitazione. — Chissà che non trovi là alcuni meccanici per rimettere a posto il mio *Centauro*.

XIV - I mulini del Gulf-Stream

Diciotto ore dopo, il *Centauro*, che non aveva cessato d'avanzare, entrava nella corrente del Gulf-Stream centoventi miglia a settentrione dell'isola di Madera; e, quello che più importava, vi arrivava con un tempo splendidissimo, essendosi il ciclone dileguato fino dal giorno innanzi.

Come si sa il Gulf-Stream è un fiume gigantesco che scorre attraverso l'Oceano Atlantico senza confondere le sue acque con quelle del mare che lo stringono da tutte le parti.

In nessun'altra parte del nostro globo esiste una corrente così meravigliosa. Essa ha un corso più rapido dell'Amazzoni, e più impetuoso del Mississippi e la portata di questi due fiumi, giudicati i più grandi del mondo, non rappresentano nemmeno la millesima parte del volume delle acque che quella corrente giornalmente conduce.

Questo — fiume del mare — come giustamente lo chiamano i naviganti, trae la sua origine dall'immenso raggruppamento di scogli e di scogliere che costituisce l'arcipelago delle isole Bahama nel Mar delle Antille, percorre tutto il Golfo del Messico, si slancia attraverso l'Oceano Atlantico, sale al nord prima, si piega quindi verso oriente, tocca le coste dell'Europa, conservando intatte le acque calde che trascina con sè per un tragitto di migliaia e migliaia di leghe.

— Ora voi vedrete un'altra delle più meravigliose invenzioni dei nostri scienziati — disse Holker, appena il *Centauro* si trovò fra le acque del Gulf-Stream. — Vedrete quale profitto gli uomini del Duemila hanno saputo trarre da questa grande corrente che ai vostri tempi era stata così trascurata. Pare impossibile come i vostri signori scienziati non si siano mai occupati della forza immensa che racchiudono queste acque.

— Che cosa ne avete fatto voi di questo "fiume del mare"? — chiese Toby. — Tu mi hai parlato di mulini.

— È vero, zio — rispose Holker.

— A che cosa possono servire?

— Zio, — disse Holker — come voi sapete tutte le nostre macchine funzionano ad elettricità, quindi noi avevamo bisogno d'una forza enorme per le nostre gigantesche dinamo.

L'America del Nord aveva le sue famose cascate; quella del Sud i suoi fiumi numerosi.

L'Europa pochi corsi d'acqua con misere cascate, assolutamente insufficienti. Che cosa hanno dunque pensato i suoi scienziati? Sono ricorsi all'Oceano Atlantico e hanno fissati i loro sguardi sul Gulf-Stream. Ed infatti quali forze immense si potevano trarre da quel — fiume del mare — ! Hanno fatto costruire delle enormi isole galleggianti, in lamiera d'acciaio, fornite di ruote colossali simili a quelle dei vostri antichi mulini e le hanno rimorchiate fino al Gulf-Stream, ancorandole solidamente. Oggidì ve ne sono più di 200, scaglionate presso le coste europee e quasi altrettante nel Golfo del Messico, incaricate di somministrare, senza quasi nessuna spesa, la forza necessaria agli stabilimenti dell'America centrale e anche delle coste settentrionali della Guayana, del Venezuela, della Columbia e del Brasile.

— E come vien trasmessa quella forza? Mediante fili aerei?

— No, zio, con gomene sottomarine simili a quelle che voi usavate anticamente per la telegrafia transatlantica.

— Quale rapidità sviluppa la corrente del Gulf-Stream? — chiese Brandok.

— Dai cinque agli otto chilometri all'ora — rispose Holker.

— E possono resistere quelle isole agli uragani?

— Sono solidamente ancorate e poi, anche se gli ormeggi si rompessero, gli uomini incaricati della sorveglianza dei mulini non correrebbero alcun pericolo, essendo quelle isole o meglio quei vasti galleggianti, insommergibili.

— Ed ognuna di esse quanta forza può fornire?

— Un milione di cavalli.

— Che cosa non hanno utilizzato questi uomini! — esclamò Toby. — Perfino la corrente del Gulf-Stream a cui non davamo altra importanza che quella di diffondere un benefico calore sulle spiagge dell'Irlanda e della Scozia. Che uomini! Che uomini!

— Signor Holker, — disse Brandok — in questi cento anni la corrente del Gulf-Stream ha subìto qualche deviazione?

— Perchè mi fate questa domanda?

— Perchè ai nostri tempi si temeva che l'apertura del Canale di Panama potesse produrre uno spostamento nella corrente, a causa della spinta delle acque del Pacifico.

— Nessuna, signor mio — rispose Holker. — Chi potrebbe far deviare una corrente così grande?

— E le coste inglesi continuano a risentire i benefici effetti dovuti al calore della corrente?

— Se così non fosse, l'Irlanda, la Scozia e anche l'Inghilterra sarebbero state tramutate in terre quasi polari, giacendo sotto la medesima latitudine della Siberia.

— L'isola N. 7! — si udì in quell'istante gridare al di fuori.

— Ecco il mulino più mostruoso che appartiene all'Inghilterra, — disse Holker.

Erano usciti frettolosamente dalla galleria, ciò che potevano fare senza correre alcun pericolo, essendo ormai le onde calmissime. A tre o quattro miglia verso il settentrione si scorgeva un'alta antenna, che si rizzava sopra una torre di forme tozze, colorata in rosso.

— L'antenna per la telegrafia aerea — disse Holker.

— Ne sono forniti tutti i mulini? — chiese Brandok.

— Sì, e ciò per precauzione. Se una tempesta sposta l'isola galleggiante e questa viene trascinata via, si avverte la stazione più vicina con un dispaccio ed i più potenti rimorchiatori disponibili accorrono per ricondurla a posto.

Il *Centauro* che procedeva velocissimo, aiutato anche dalla corrente del Gulf-Stream che aveva in favore e che in quel luogo percorreva tre miglia e mezzo all'ora, in breve si trovò nelle acque del mulino N. 7.

Come Holker aveva già detto, era un enorme galleggiante in lamiera d'acciaio, di forma circolare, con una circonferenza di 400 metri; fornito nel centro di quattro immense ruote che la corrente faceva girare con notevole velocità.

Fra le ruote s'innalzavano quattro abitazioni, pure in ferro, ad un solo piano, munite di parafulmini; destinate una come magazzino dei viveri, le altre ai guardiani.

Quattro gradinate mettevano sul mare, fornite ognuna d'una gru sostenente una scialuppa.

I guardiani, una dozzina di persone, vedendo avvicinarsi il mutilato vascello volante, si erano affrettati a chiedere premurosamente se avevano bisogno di soccorsi.

Quando ebbero ricevuta una risposta negativa, invitarono i viaggiatori a salire sull'isola a visitare le loro abitazioni, ed il macchinario destinato a trasmettere in Inghilterra la forza prodotta dalle gigantesche ruote.

La minuscola isola era tenuta con pulizia scrupolosa. Vi erano piccoli viali fiancheggiati da casse di ferro piene di terra, entro cui maturavano cavoli, zucche, carote ed altri vegetali mangiabili, o dove finivano di seccare, appesi a delle funi, grossi pesci pescati nella corrente.

— Come vi trovate? — chiese Brandok, ad uno dei guardiani che serviva loro di guida.

— Benissimo, signore.

— Non vi annoiate in questo isolamento?

— Per niente, signore. Vi è sempre da fare qualche cosa qui, e poi ci dedichiamo alla pesca e anche alla caccia, venendo qui numerosi uccelli marini che ci offrono degli arrosti eccellenti. Ogni mese poi il governo inglese manda qui una nave per provvederci di viveri e di quanto possa occorrerci. Per di più ogni anno abbiamo un mese di permesso che trascorriamo in patria. Che cosa possiamo desiderare di meglio?

— E delle tempeste?

— Oh! Ce ne ridiamo, signore, e non turbano affatto i nostri sonni.

I tre amici rimasero qualche ora sull'isolotto galleggiante, e vuotarono alcune bottiglie coi guardiani; poi verso le quattro del pomeriggio il *Centauro* riprendeva la corsa verso le coste dell'Europa, per sbarcare il galeotto nella città sottomarina di Escario.

XV - La città sottomarina

Continuando l'oceano a mantenersi calmo, dopo l'ultima sfuriata del ciclone, il *Centauro* avanzava senza alcuna difficoltà come un vero piroscafo, galleggiando magnificamente.

Non poteva competere certo coi veri transatlantici, dotati ormai d'una velocità straordinaria; nondimeno nulla aveva da perdere in confronto a quelli d'un secolo prima, che anzi avrebbe potuto vincere facilmente nella corsa.

Brandok e Toby si divertivano immensamente a quel viaggio marittimo. Passeggiavano per delle ore intere sulla cima della galleria, dove si trovava un piccolo ponte di metallo che andava da prora a poppa, respirando a pieni polmoni la salubre brezza marittima, fumavano dei sigari eccellenti che regalava loro il capitano e facevano soprattutto onore ai pasti, essendo ambedue dotati d'un appetito invidiabile.

E si trovavano tanto meglio perchè non provavano più quegli strani turbamenti e quei sussulti nervosi, che li avevano non poco inquietati quando passavano sopra le grandi città americane e sopra le turbine gigantesche delle cascate del Niagara.

Holker non li lasciava un minuto, discutendo animatamente sui futuri e straordinari progetti che stavano studiando gli scienziati del Duemila, e dando loro spiegazioni su mille cose che ancora non avevano potuto vedere, causa la rapidità del loro viaggio.

— Signor Holker — disse un pomeriggio Brandok, mentre stavano prendendo il caffè sul ponte della galleria. — Come troveremo noi l'Europa? Come quella d'un secolo fa o sono avvenuti dei mutamenti politici nei diversi stati?

— Sì, molti mutamenti, e ciò per mantenere la pace fra i diversi popoli, eliminando così per sempre le guerre — rispose il nipote di Toby.

— Che cosa è avvenuto della grande Inghilterra?

— È ora una piccola Inghilterra, sempre ricca ed industriosissima.

— Perchè dite piccola?

— Perchè ormai ha perduto tutte le sue colonie, staccatesi a poco a poco dalla madre patria.

Il Canada è uno stato indipendente; l'Australia pure, l'Africa meridionale non ha più nulla di comune coll'Inghilterra. Perfino l'India forma uno stato a parte.

— Sicchè quel grande impero coloniale? — chiese Toby.

— Si è interamente sfasciato — rispose Holker.

— Senza guerre?

— Tutte quelle colonie si erano unite in una lega per dichiararsi indipendenti il medesimo giorno, e all'Inghilterra non è rimasto altro da fare che rassegnarsi per non averle tutte addosso.

— Già fin dai nostri tempi l'impero cominciava a sgretolarsi — disse Brandok. — E la Russia?

— Ha perso la Siberia, diventata anch'essa indipendente, con un re appartenente alla famiglia russa. L'Austria ha perduto i suoi arciducati tedeschi e l'Ungheria, riconquistata la sua indipendenza, occupa ora la Turchia europea.

— E gli arciducati?

— Sono stati assorbiti dalla Germania, mentre l'Istria ed il Trentino sono stati restituiti all'Italia assieme alle antiche colonie veneziane della Dalmazia.

— Sicchè l'Italia?...

— È oggidì la più potente delle nazioni latine, avendo riavuto anche Malta, Nizza e la Corsica.

— E la Turchia?

— È stata respinta definitivamente nell'Asia Minore e nell'Arabia, e non ha conservato in Europa che Costantinopoli, città che era ambita da troppe nazioni, e che poteva diventare una causa pericolosa di discordia permanente. Ah! dimenticavo di dirvi che è sorto un nuovo stato.

— Quale?

— Quello di Polonia, formato dalle province polacche della Russia, dell'Austria e della Germania. L'Europa cinquant'anni fa si agitava pericolosamente, minacciando una guerra spaventosa. I monarchi ed i capi delle repubbliche pensarono quindi a regolare meglio la carta europea mediante un grande congresso che fu tenuto all'Aia, sede dell'arbitrato mondiale. Fu convenuto di restituire a tutti gli stati le province che loro appartenevano per diritti geografici e storici, e di crearne anche uno nuovo, la Polonia, che minacciava di produrre la guerra fra la Russia, l'Austria e la Germania. Così la pace fu assicurata mercè l'intervento poderoso delle confederazioni americane e delle antiche colonie inglesi, che ridussero a dovere le nazioni recalcitranti. Ora una pace assoluta regna da dieci lustri nel vecchio continente europeo.

— E chi regola le questioni che potrebbero insorgere?

— La corte arbitrale dell'Aia che è stata ormai riconosciuta da tutte le nazioni del mondo.

D'altronde, come vi dissi, al giorno d'oggi una guerra sarebbe impossibile e condurrebbe al più completo sterminio le nazioni belligeranti.

— Oh! — esclamò in quel momento Toby che si era levato. — S'alza la luna laggiù! Come sembra mostruosa! Io non l'ho mai veduta apparire così grossa. Che anche quel satellite si sia modificato?

Holker si era alzato anche lui.

Le tenebre erano incominciate a calare, e verso oriente si vedeva scintillare a fior d'acqua un mezzo disco di forme gigantesche, che proiettava intorno a sè una luce intensa, leggermente azzurrognola.

— La scambiate per la luna! — esclamò Holker. — V'ingannate zio.

— Che cosa può essere?

— La cupola della città sottomarina d'Escario.

— Io vorrei sapere perchè voi avete fondate delle città sottomarine che devono essere costate somme enormi.

— Semplicemente per sbarazzare la società dagli esseri pericolosi che ne turbano la pace.

Ogni stato ne possiede una, il più lontano possibile dalle coste, e vi manda la feccia della società, i ladri impenitenti, gli anarchici più pericolosi, gli omicidi più sanguinari.

— Con un gran numero di guardiani?

— Nemmeno uno, mio caro zio.

— Allora si massacreranno.

— Tutt'altro. Al minimo disordine che nasce, sanno che la città viene affondata senza misericordia. Questa minaccia ha prodotto degli effetti insperati. La paura doma quelle belve, le quali finiscono per ammansirsi.

— E chi li governa?

— Questo è un affare che riguarda loro. Si eleggono dei capi e pare che finora regni un accordo mirabile in quei penitenziari; E poi vi è un'altra cosa che concorre a renderli docili.

— Quale?

— L'incessante lotta colla fame.

— I governi non passano viveri a quei condannati?

— Passano delle reti, delle macchine per eseguire varie produzioni, come stoffe, stivali, vasellami e così via che poi vendono alle navi che approdano, comperando in cambio le materie prime necessarie a quelle industrie, tabacco, viveri eccetera.

— Qualche volta soffriranno la fame? — disse Brandok.

— L'oceano fornisce loro cibo più che sufficiente. I pesci, attratti dalla luce che mandano le lampade che illuminano quelle città, accorrono in masse enormi. Gli abitanti ne salano anzi in grande quantità e li mandano in Europa e anche in America.

— E l'acqua?

— Hanno macchine che ne forniscono loro quanta ne desiderano, facendo evaporare quella del mare.

— Sicchè oggi i galeotti non costano più nulla alla società — disse Toby.

— Costano la sola forza necessaria per far agire le loro macchine, energia che viene fornita per lo più dai mulini del Gulf-Stream.

— Devono esser costate somme enormi quelle città! — disse Brandok.

— Non dico di no, ma quale vantaggio non ne ritraggono ora gli stati e la società? I milioni che prima si spendevano nel mantenimento di tanti birbanti, rimangono ora nelle casse dei governi. Devo aggiungere poi che lo spauracchio di essere mandati nelle città sottomarine ha fatto diminuire immensamente il numero dei delitti.

— Non correremo alcun pericolo entrando, o meglio, scendendo ad Escario? — chiese Toby.

— Nessuno, non dubitate. Quelli sanno che qualunque cattiva azione usata ad uno straniero segnerebbe la sommersione della loro città.

— Una misura un po' inumana, se vogliamo.

— Che li tiene a freno però, e come! Eccoci giunti. Il capitano deve aver avvertito gli abitanti del nostro arrivo; sento il nostro apparecchio elettrico funzionare.

Il *Centauro* si era fermato dinanzi ad una immensa cupola che doveva avere almeno 400 metri di circonferenza, formata d'armature d'acciaio d'uno spessore straordinario e di lastre di vetro di forma rotonda incastrate solidamente e molto grosse.

Un graticolato di ferro copriva tutta la cupola per meglio preservarla dall'urto delle onde, e una galleria vi correva all'intorno, piena di reti messe ad asciugare. Sulla cima, dove pareva si aprisse un foro, erano comparsi due uomini piuttosto attempati, che indossavano delle vesti di panno grossolano e che calzavano alti stivali da mare.

Il capitano del *Centauro* accostò con precauzione la nave ad una delle quattro scale di ferro che conducevano sulla cima della scintillante cupola, invitando i viaggiatori a seguirlo.

— Qui sono conosciuto — disse. — Non avete da temere.

Precedette i tre amici e salutò uno dei due uomini con un cortese e familiare: — Buona sera, papà Jao. Come va la vita qui?.

— Benissimo, capitano — rispose l'interrogato, levandosi cortesemente il cappello dinanzi ai tre viaggiatori.

— Sono sempre tranquilli i vostri amministrati?

— Non ho da lagnarmi di loro. E poi, perchè dovrebbero diventar cattivi? Viviamo nell'abbondanza, e nulla ci manca.

— Vi sono questi signori che desiderano visitare la vostra città. Rispondete della loro sicurezza?

— Perfettamente: siano i benvenuti.

— Il governatore della colonia — disse il capitano, volgendosi verso Brandok, Toby ed Holker.

— Seguitemi, signori — disse il galeotto, con un amabile sorriso.

— Ah! devo lasciarvi qui un espulso dall'Europa, un suddito inglese che consegnerete più tardi a qualche nave della sua nazione — disse il capitano. — A me è d'imbarazzo, perchè un ciclone mi ha guastato le ali e le eliche.

— Datemelo pure; ci penserò io. Andiamo, signori, perchè fra mezz'ora farò suonare il silenzio e allora si spegneranno tutte le lampade.

Condusse i tre viaggiatori ed il capitano dinanzi ad una specie di pozzo che s'apriva nel mezzo della cupola dove si trovava pronto un ascensore.

Li fece sedere sulle panchine e l'apparecchio scese rapidamente passando fra un cerchio di lampade a radium che versavano torrenti di luce in tutte le direzioni.

Con visibile stupore di Brandok e di Toby, i quali stentavano a credere ai loro occhi, si trovarono su una vasta piazza rettangolare, di cento metri di lunghezza su sessanta di larghezza, tutta cinta da bellissime tettoie coi tetti di zinco, divise in piccoli scompartimenti che formavano le cabine destinate ai galeotti. Dietro quelle se ne vedevano delle altre fornite di tubi di metallo.

Sulla piazza un numero immenso di barili, di pertiche e di reti si trovavano ammucchiate alla rinfusa.

— La mia città — disse il governatore — è tutta qui.

— Quanti abitanti conta? — chiese Toby.

— Milleduecento, sessanta tettoie e venti opifici, dove lavorano coloro che non si dedicano alla pesca.

— Dove posa la città? — chiese Toby.

— Sulla cima d'un isolotto sommerso, a quindici metri di profondità.

— Non prova scosse la città quando al di fuori infuria la tempesta?

— Nessuna, signore; le pareti che sono formate da lastre d'acciaio collegate con armature solidissime e trattenute da enormi colonne di ferro, piantate profondamente nella roccia, possono sopportare qualsiasi urto. E poi dovreste sapere che a otto o dieci metri sotto il livello dell'acqua, le onde non si fanno

147

sentire. È la cupola che sopporta tutto l'impeto dei cavalloni e può sfidarli impunemente.

— Non è meraviglioso tutto ciò, signor Brandok? — chiese Holker.

— Questo è un nuovo mondo — rispose l'americano. — Mai mi sarei aspettato di vedere, dopo soli cento anni, tante straordinarie novità!

Il capitano del *Centauro* guardò Brandok con stupore.

— Cent'anni, avete detto! — esclamò.

— Scherzavo — rispose l'americano. — Ditemi, vi obbediscono sempre i vostri sudditi?

— Io non comando mai loro di fare questa o quella cosa — rispose il capo della città sottomarina. — Chi non lavora non mangia, perciò sono costretti a fare tutti qualche cosa senza che io glielo imponga.

— Non sono mai successe rivoluzioni? — chiese Toby.

— A quale scopo farne? Io non sono un re, io non rappresento nessun potere. Se non sono contenti di me mi dicono di lasciare il posto ad un altro, e tutto finisce lì.

In quel momento un cupo rimbombo si ripercosse entro la immensa cupola facendo vibrare le vetrate.

— È un tuono questo — disse il capitano del *Centauro*, la cui fronte si era oscurata. — Che questa volta ci piombino addosso tutte le disgrazie?

— Siamo nella stagione del cambiamento degli alisei ed il tempo diventa brutto da un momento all'altro.

— Risaliamo, signori.

La piccola comitiva prese posto nell'ascensore ed in pochi momenti si trovò sull'immensa cupola.

L'Atlantico aveva assunto un brutto aspetto, ed il cielo era più brutto ancora.

Da ponente giungevano delle grosse ondate e delle fosche nuvole si avanzavano con velocità vertiginosa. In lontananza il tuono rullava fragorosamente.

— È un vero uragano che sta per scoppiare, signori miei — disse il capitano del *Centauro*. — Con una nave così avariata io non oserò riprendere la corsa verso l'Europa.

— Saremo dunque costretti a passare la notte qui? — chiese Brandok preoccupato.

— Abbiamo dei letti comodi e posso offrirvi anche una buona cena; a base di pesce, s'intende — disse Jao. — I miei compagni non vi daranno alcun fastidio, ve l'assicuro.

— Ho delle preoccupazioni però per la mia nave — disse il capitano del *Centauro*. — Le onde, con la loro forza, possono scaraventarla addosso alla cupola.

— Il fondo è buono intorno a questo scoglio e le vostre ancore la terranno ferma.

— Vi è un'altra cosa però che m'inquieta. I vostri compagni dormono sempre, la notte?

— Perchè mi fate questa domanda? — chiese Jao stupito.

— Rispondetemi prima.

— Quando infuria la tempesta, e la luna manca, preferiscono riposarsi, perchè getterebbero inutilmente le reti. Con questa brutta notte non lasceranno i loro letti.

— Me lo assicurate?

— Rispondo di loro.

— L'ho chiesto perchè porto un carico di alcool destinato non so a quali combinazioni chimiche.

— Nessuno lo sa, quindi potrete dormire tranquilli — rispose Jao. — E poi i miei sudditi, come li chiamate voi, a quest'ora devono aver perduta l'abitudine di bere, poichè è severamente proibito vendere loro bevande spiritose. La nave che ce ne fornisse verrebbe subito confiscata dai — vigilanti.

— Chi sono? — chiese Brandok che era sempre il più curioso di tutti.

— Navi speciali appartenenti a tutte le nazioni, incaricate di vigilare su tutti gli oceani e di prestare aiuto ai naviganti. Signori, volete accettare una cena nella mia modesta casetta, ed un letto? Può essere pericoloso dormire sul *Centauro* con quest'uragano che si avanza.

— Ed i miei uomini? — chiese il capitano.

— Quando avranno ben ancorata la nave scenderanno anche loro nella città sottomarina

rispose Jao. — Li farò ospitare presso alcuni forzati che godono buona stima.

— Una grande stima — brontolò Brandok.

— Andiamo signori — disse Jao.

L'uragano scoppiava in quel momento con furia inaudita. Raffiche furiose spazzavano l'oceano, sollevando gigantesche ondate le quali si frangevano, con scrosci e con muggiti spaventevoli, contro le pareti e la cupola della città sottomarina.

Il *Centauro*, vivamente sballottato, s'alzava come una palla di gomma quantunque avesse gettate le sue ancore.

— Cattiva notte — disse il capitano, scrollando la testa. — Non so se la mia povera nave potrà resistere.

Dopo aver avvertito l'equipaggio di abbandonarla al più presto e di raggiungerli, presero posto nell'ascensore e discesero nella piccola piazza che era ancora splendidamente illuminata e dove si trovavano parecchi forzati, ancora intenti a rammendare le loro reti perchè fossero pronte appena calmatosi l'oceano.

Jao condusse i suoi ospiti verso una bella casetta, tutta costruita in lamine di ferro, divisa in quattro minuscole stanze, che sembravano più che altro delle cabine, essendo lo spazio troppo prezioso in quella strana città, per permettersi il lusso di averne di più ampie.

Jao li introdusse nel suo gabinetto particolare che serviva nel medesimo tempo da sala da pranzo, li fece sedere, e servì loro, egli stesso (non avendo servi a sua disposizione, poichè anche il governatore non poteva godere prerogative speciali) degli eccellenti pesci cucinati al mattino e delle pagnotte.

La cena, quantunque composta esclusivamente di prodotti di mare con contorni di piccole alghe sapientemente marinate e d'una sola bottiglia di vino che Jao aveva forse serbato per qualche grande occasione, fu assai gustato dai naviganti del *Centauro* ai quali l'appetito non faceva difetto.

Essendo tutti stanchi, il governatore li condusse nella stanza loro destinata, un'altra cabina, appena capace di contenere Brandok, Toby e Holker.

Il capitano del *Centauro* li aveva poi lasciati per vedere come si svolgeva l'uragano e mettere in salvo almeno il suo equipaggio.

— Ebbene, Toby — disse Brandok quando furono soli. — Pare che il mondo sia cambiato, ma che la natura non abbia perduto nulla della sua violenza brutale. Questi uomini moderni, veramente meravigliosi, non sono riusciti ad imbavagliarla.

— Chissà che un giorno non riescano a compiere anche quel miracolo — rispose Toby. — Come ai nostri tempi hanno saputo imprigionare il fulmine, un giorno o l'altro questi esseri straordinariamente possenti, finiranno per mettere a dovere anche i furori degli oceani e gli impeti dei venti. Io sono fermamente convinto che più nulla sarà impossibile agli scienziati del Duemila.

— In attesa che vi riescano, io dormo, — disse Brandok. — Non so da che cosa possa derivare, ma da qualche tempo mi trovo spesso tutto spossato e provo anche degli strani perturbamenti al cervello. Quando la mattina mi sveglio, i miei nervi vibrano tutti come se ricevessero delle scariche elettriche. Sapresti spiegarmi tu, che sei stato cent'anni fa un dottore, questi fenomeni che, te lo confesso francamente, talvolta mi spaventano?

— Io ormai non valgo assolutamente nulla di fronte ai medici moderni — disse Toby, con un sospiro. — Tuttavia li attribuisco alla grande tensione elettrica che regna ormai su questo povero pianeta. Spero però che finirai coll'abituarti.

Si gettarono sui lettucci, spensero la lampadina a radium e chiusero gli occhi, mentre in lontananza il tuono rumoreggiava così fortemente da far tremare i vetri della cupola.

Dormivano da parecchie ore, quando furono improvvisamente svegliati da un urlio spaventevole e da un fracasso indiavolato.

Toby pel primo era balzato giù dal lettuccio, riaccendendo la lampadina.

— Che cosa c'è? — chiese Brandok vestendosi rapidamente.

— Che la cupola abbia ceduto? — gridò Holker, spaventato.

— Non lo so — rispose Toby, che non era meno impressionato. — Qualche cosa di grave di certo però.

In quel momento la porta s'aprì ed il capitano del *Centauro* si precipitò nella cabina, tenendo in mano una grossa rivoltella elettrica.

— I forzati sono diventati pazzi! — gridò. — Seguitemi subito.

— Pazzi! — esclamarono Brandok, Toby e Holker.

— Spiegatevi.

— Tacete, più tardi! Fuggite, prima che succeda un massacro.

I tre amici si slanciarono fuori della casetta senza fare altre domande. Jao li aspettava. Il pover'uomo si strappava i capelli e bestemmiava in tutte le lingue.

Le lampade erano state riaccese sulla piccola piazza e sotto quegli sprazzi di luce intensa si vedevano agitarsi forsennatamente gli abitanti della città sottomarina.

Il capitano aveva avuto ragione a dire che erano divenuti tutti pazzi.

Urlavano, saltavano, si picchiavano, si gettavano a terra rotolandosi fra un frastuono orrendo, prodotto da sbarre di ferro che picchiavano furiosamente le pareti metalliche che li difendevano dall'invasione delle acque dell'oceano. — Ma che cos'è dunque avvenuto? chiese Toby.

— Quello che temevo — rispose il capitano del *Centauro*. — Non sentite questo odore?

— Sì, la città è appestata dall'alcool.

— Il mio, quello che dovevo trasportare ad Amburgo e che questi miserabili hanno saccheggiato.

— Ed il *Centauro*? — chiese Brandok.

— Che ne so io? Ignoro se galleggi ancora o se sia affondato.

— Ed i vostri marinai?

— Non li ho più riveduti.

— Amici, — disse Toby — non ci rimane che prendere il largo, prima che tutti questi furfanti diventino pazzi furiosi. Finchè avranno dell'alcool continueranno a bere e potrebbero diventare pericolosi. Salviamoci più in fretta che possiamo.

Girarono dietro le case guidati dal vecchio Jao che piangeva di rabbia, e si diressero verso l'ascensore, mentre i forzati, che non cessavano di vuotare barilotti di alcool, s'abbandonavano ad una danza scatenata.

Fortunatamente l'ascensore si trovava piuttosto lontano dalla piazza e non era stato guastato.

Salendo automaticamente, senza bisogno di nessuno, i cinque uomini vi balzarono dentro ed in pochi secondi si trovarono sulla cupola.

Un uragano spaventevole imperversava sull'Oceano Atlantico.

Ondate alte come montagne si rovesciavano, con spaventevoli muggiti, contro le balaustrate di ferro, torcendole come se fossero di stagno, e raffiche tremende passavano sopra la città sottomarina con fischi assordanti.

Una nuvolaglia nera come la pece correva sbrigliatamente pel cielo, scatenando lampi e tuoni.

I cinque uomini si erano avanzati verso la parte meridionale della cupola, tenendosi bene stretti alle balaustrate per non farsi trascinar via dal vento che aveva acquistato una velocità incalcolabile, quando un uomo sorse quasi sotto i loro piedi, gridando: — Indietro, birbanti o vi uccido.

— Katterson! — esclamò il comandante del *Centauro*.

— Voi, capitano! — esclamò quell'uomo che non era altro che il pilota della nave aerea.

— Credevo che vi avessero già ucciso.

— Non ancora. Dov'è il *Centauro*? Resiste ancora?

— È scomparso, capitano, — rispose Katterson — insieme al galeotto che avevamo sbarcato e ad una dozzina di forzati.

— Ed i miei marinai?

— Sono stati sorpresi nel sonno, fatti prigionieri e mi pare che abbiano fatto, non so se volontariamente o per salvare la vita, causa comune cogli abitanti di questa maledetta città, poichè prima di fuggire quassù li ho veduti bere insieme a loro.

— E la mia nave è scomparsa?

— L'hanno portata via, dopo avere scaricato tutti i barili d'alcool. A quanto ho potuto capire, mentre noi dormivamo, i galeotti hanno tramata una congiura per impadronirsi del carico e fare una spaventevole baldoria. Il nostro prigioniero, più furbo degli altri, si è invece imbarcato con dei suoi amici che ha trovato qui ed ha preso il largo.

— E noi che cosa faremo ora? — chiese Brandok, il quale però non sembrava molto impressionato.

154

— Saremo costretti ad aspettare il passaggio di qualche nave — rispose il capitano. — Io non vi consiglierei di ridiscendere finchè quei pazzi posseggono dell'alcool.

— Ne avevate molto a bordo? — chiese Toby.

— Trenta tonnellate.

— Tanto da bere a crepapelle per una settimana — disse Brandok. — Bell'affare se una nave non verrà a toglierci d'impiccio.

— Ed a vendicarvi — disse il vecchio Jao. — I governi d'Europa e d'America, come vi ho detto, non sono troppo teneri verso gli abitanti delle città sottomarine.

— Come li puniranno? — chiese Toby.

— Annegandoli tutti. La giustizia, è spiccia, oggidì.

— Non potreste voi, Jao, cercar di calmare quei forsennati? — domandò il capitano.

— Una volta scatenati non si domano più e, se mi presentassi a loro e cercassi di far loro intendere la ragione, mi accopperebbero sull'istante. Già vi ho detto che i governatori di questi penitenziari non hanno che un'autorità molto problematica.

— Allora, prima che salti loro il ticchio di prendersela anche con noi, impediremo che possano giungere quassù — disse Brandok.

— Guastando l'ascensore, non verranno più ad importunarci — rispose Jao. — L'elevazione della cupola è troppo considerevole perchè possano raggiungerci, e le pareti metalliche sono perfettamente lisce. Ah! disgraziato me! Non mi aspettavo una simile rivolta!

— Date la colpa alla tempesta che ci ha impedito di ripartire — disse Toby.

— Ed al carico della mia nave — aggiunse il capitano. — Orsù non ci occupiamo per ora che di resistere ai colpi dell'uragano. Quando il sole spunterà vedremo quello che si potrà fare per lasciare questa poco piacevole città sottomarina ed i suoi pericolosissimi abitanti.

Si ritirarono verso la parte più elevata della cupola, bloccarono l'ascensore per essere più sicuri che i forzati non lo facessero ridiscendere, e si misero a guardare giù, attraverso la larga apertura, l'orgia era al colmo, e dalla città sottomarina saliva un tanfo così acuto da non poter quasi resistere.

I forzati, che continuavano a bere, ridevano come pazzi e pareva che non sapessero ormai più che cosa facessero.

Mentre dei gruppi ballavano furiosamente sulla piazza, saltando come capre, urtandosi, buttandosi a terra a dozzine per volta, altri, presi da una improvvisa furia di distruzione, abbattevano le case, gettando in aria letti e tavolini, laceravano le reti, spezzavano ordigni da pesca, urlando e ridendo.

Frequenti risse scoppiavano di tratto in tratto fra danzatori e demolitori, ed erano allora vere grandinate di pugni e di legnate che piovevano da tutte le parti. Le teste rotte non si contavano più.

— Se quei furibondi potessero salire, sfonderebbero anche i vetri della cupola — disse Toby.

— Che riescano a fracassare le pareti di ferro della città? — chiese Brandok con ansietà.

— Non temete — rispose Jao. — Sono di uno spessore notevole e poi non posseggono nè mazze, nè altri strumenti adatti.

— Io non ho mai veduto una simile orgia — disse il capitano del *Centauro*. — Quegli uomini, se continuano a bere a quel modo, finiranno per tramutare questa città in un vero manicomio. Come finirà tutto ciò? Confesso che non sono affatto tranquillo. Non possiamo sperare che nella provvidenziale comparsa di qualche nave. Disgraziatamente ci troviamo fuori dalla rotta ordinaria che tengono le navi che dall'Europa vanno in America. Bah! Non disperiamo!

Si coricarono in mezzo alla piattaforma, l'uno accanto all'altro aspettando pazientemente che l'aurora spuntasse. L'uragano assumeva proporzioni spaventevoli. Era una furia d'acqua e di vento che si rovesciava sulla cupola con rabbia inaudita.

Cavalloni giganteschi si infrangevano contro le pareti della città, imprimendo a tutta la massa delle oscillazioni che inquietavano non poco il capitano del *Centauro* ed il pilota, che ne sapevano qualche cosa delle collere dell'Atlantico.

Di quando in quando la città, per quanto saldamente fissata allo scoglio sottomarino e trattenuta da immani colonne d'acciaio, subiva dei soprassalti come se fosse lì lì per essere strappata e portata via.

Anche i tre americani non erano punto tranquilli, malgrado le assicurazioni di Jao.

— Se si staccasse dallo scoglio? — chiese Brandok ad un certo momento. — Che cosa succederebbe allora di tutti noi?

— Sarebbe finita per tutti! — disse il capitano.

— Niente affatto — rispose Jao che non dimostrava invece alcuna apprensione. — Questa città è come un immenso cassone di ferro e galleggerebbe benissimo.

— Ora respiro un po' più liberamente — disse Brandok.

— L'idea di terminare il mio viaggio in fondo al mare non mi sorrideva affatto, anche se…

Una bestemmia del pilota gl'interruppe la frase.

— Cos'hai Tom? — chiese il capitano.

— Io dico che se ci giunge addosso un'altra ondata come quella che è passata or ora, la città non potrà resistere. Ho udito dei tonfi. Che le colonne d'acciaio abbiano ceduto?

Tutti si erano messi in ascolto, ma il fracasso che producevano i tuoni rombanti in mezzo alle densissime nuvole misto a quello che saliva dal pozzo dell'ascensore erano tali da non poter distinguere nessun altro rumore.

— Puoi esserti ingannato, Tom — disse il capitano.

— Può darsi — rispose il pilota. — Preferirei però accertarmene.

— Si può tentare di raggiungere la balaustrata, se esisterà ancora.

— Le onde vi porteranno via, signore — disse Brandok.

— Io e Tom le conosciamo da lungo tempo e non ci lasceremo sorprendere. Vieni, pilota.

Si gettarono bocconi, e, sordi ai consigli dei tre americani e di Jao, si allontanarono strisciando, tenendosi ben stretti alle traverse d'acciaio, che servivano di appoggio alle lastre di vetro.

Il frastuono prodotto dall'incessante infrangersi dei cavalloni era diventato orrendo. Vi erano certi momenti in cui pareva che l'intera cupola dovesse sfasciarsi sotto quegli urti possenti.

L'assenza del capitano e del pilota fu brevissima. Furono visti ritornare velocemente, fra i nembi di spuma che coprivano tutta la cupola.

— Dunque? — chiesero ansiosamente tutti insieme, i tre americani e Jao.

— I pilastri d'acciaio crollano uno ad uno — rispose il capitano.

— Allora verremo portati via — disse Brandok.

— Sì, se l'uragano non si calma.

— Avete speranza che le onde rallentino la loro furia indiavolata?

— Temo invece che si vada formando uno spaventevole ciclone.

— E quei furfanti là abbasso continuano a divertirsi! — disse Toby.

— Lasciateli crepare — disse Brandok.

— Purchè non veniamo inabissati anche noi!

— Vi ho detto che, se anche la città dovesse venire strappata dallo scoglio non correremmo alcun pericolo, almeno fino a quando non incontreremo un altro scoglio che le sfondi i fianchi. In questa parte dell'oceano sono però rari, è vero capitano?

— Non se ne trovano affatto fino alle Azzorre — rispose il comandante del *Centauro*.

— Possiamo quindi percorrere più di trecento miglia con la piena sicurezza di non urtare.

Uno scroscio formidabile si fece udire in quel momento.

Un cavallone colossale si era rovesciato sulla città sottomarina, scuotendola così violentemente da far stramazzare l'uno sull'altro i tre americani, che si erano alzati per vedere se l'orgia dei forzati era terminata o se continuava sempre.

— Mi pare che questo cassone d'acciaio si sia spostato — disse il capitano.

Quel rombo spaventevole pareva che fosse stato avvertito anche dagli ubriaconi, poichè le loro grida erano improvvisamente cessate.

Jao aveva lanciato intorno una rapida occhiata.

— Sì — disse poi. — La città si è spostata. Il palo d'acciaio che serviva d'appoggio principale non si vede più. Il cavallone l'ha portato via.

— Consolante notizia! — disse Holker. — Che cosa succederà ora?

Nessuno rispose. Tutti guardavano con angoscia i cavalloni i quali, riflettendo la luce intensa proiettata dalle lampade a radium, sembravano masse di bronzo fuso.

159

Quantunque rassicurati dalle parole di Jao, il quale doveva conoscere a fondo la resistenza che poteva offrire quello strano penitenziario, una profonda inquietudine si era impadronita di tutti.

Si sarebbe detto che non respiravano più e che i loro cuori non battevano più, tanta era la loro ansietà.

Quell'enorme cassa metallica avrebbe realmente galleggiato o sarebbe invece andata a fondo come una massa inerte? Il tuono rumoreggiava sempre nelle profondità del cielo, gareggiando collo spaventevole fragore delle onde e colle urla diaboliche del vento.

Giù, nella città, il fracasso era cessato.

Di quando in quando la cupola subiva come dei soprassalti. I vetri malgrado il loro enorme spessore e la robustezza delle traverse d'acciaio, stavano forse per cedere? Ad un tratto un nuovo e più formidabile cavallone piombò, con furia irresistibile, sul penitenziario, sradicandolo completamente dallo scoglio e travolgendolo fra fitte cortine di spuma.

Quasi nel medesimo istante si udì la voce del capitano tuonare, fra le spaventevoli urla del ciclone: — Galleggiamo!...   Tenetevi   stretti!...   .

XVI - Attraverso l'Atlantico

Il vecchio Jao non si era ingannato. Se la nuova società del Duemila aveva pensato di relegare in quelle strane città sottomarine gl'individui pericolosi, sopprimendo sui loro bilanci le spese di mantenimento per esseri ormai inutili, aveva però procurato loro degli asili sicuri, d'una solidità a tutta prova per non esporli ad una morte certa.

Così la città sottomarina, strappata dallo scoglio dall'impeto dei cavalloni, non era diventata altro che una città galleggiante, abbandonata è vero ai capricci delle correnti e dei venti, ma che poteva aspettare benissimo l'incontro di qualche nave marina o volante, purchè qualche bufera non la scaraventasse contro qualche ostacolo. Tutto il pericolo stava lì.

L'acqua dolce non poteva mancare, essendovi dei potenti distillatori elettrici che potevano fornirne in grande quantità; i viveri nemmeno, perchè reti ve n'erano in abbondanza e si sa che gli oceani sono ben più ricchi dei mari.

Disgraziatamente l'uragano aveva ben poca intenzione di finire. Nè le onde, nè il vento accennavano a calmarsi, minacciando di trascinare la città galleggiante in mezzo all'Atlantico, poichè la bufera imperversava da levante.

La gigantesca cassa d'acciaio, dopo essere sprofondata, era subito risalita a galla, rollando spaventosamente e girando su se stessa.

Se i piloni d'acciaio avevano ceduto sotto gli urti possenti delle onde, la cupola aveva meravigliosamente resistito al tuffo e meglio ancora avevano resistito i tre americani, il capitano ed il pilota del *Centauro* e Jao.

Aggrappati tenacemente alle traverse, avevano aspettato che la città ritornasse a galla, opponendo una resistenza disperata alle onde.

— Credevo che la nostra ultima ora fosse giunta — disse Brandok dopo aver respirata una gran boccata d'aria. — E tu, Toby?

— Io mi domando se sono ancora vivo o se navigo sotto l'Atlantico — rispose il dottore.

— Spero che sarai soddisfatto degli ingegneri che hanno fatto costruire questa colossale cassa.

— Gente meravigliosa, mio caro. Ai nostri tempi non sarebbero stati capaci di fare altrettanto.

— Ne sono pienamente convinto. Capitano, dove ci spinge la tempesta?

— Verso sud-ovest — rispose il comandante del *Centauro*.

— Vi sono isole in questa direzione?

— Le Azzorre.

— Andremo a sfracellarci contro di esse?

— Ciò dipende dalla durata della bufera, signore.

— Non vi pare che si calmi?

— Niente affatto. Infuria sempre tremendamente e temo che ci faccia ballare per molto tempo. Soffrite il mal di mare?

— Niente affatto.

— Allora tutto va bene.

— E se fra un paio di giorni questo cassone si schiaccerà contro qualche scoglio, andrà anche allora tutto bene? — chiese Holker, ridendo.

— Non l'abbiamo ancora incontrato quello scoglio, quindi, finchè non lo incontreremo, non abbiamo alcun motivo per allarmarci — rispose il capitano del *Centauro*. — Vi è però un'altra cosa che mi preoccupa assai.

— Quale?

— La risposta dovete darmela voi, Jao.

— Parlate, capitano.

— I vostri sudditi posseggono dei viveri?

— Per due o tre giorni, non di più.

— E noi?

— Prima che l'uragano scoppiasse, vi erano molti pesci messi a seccare lungo le balaustrate, ma credo che il mare abbia portato via tutto.

— Ne potremo avere dai forzati?

— Forse, quando si saranno stancati di bere — rispose Jao. — Vi sono però delle reti in un ripostiglio della cupola.

— Ma nessun distillatore per procurarci l'acqua...

— Quassù no.

— Corriamo dunque il pericolo di morire se non di fame, per lo meno di sete, se i vostri sudditi si rifiuteranno di fornirci l'acqua. Ecco quello che temevo.

— Abbiamo l'ascensore, capitano — disse Jao.

— Che ci servirà ottimamente per farci accoppare da quei pazzi. Non sarò certamente io che scenderò nella città per chiedere dell'acqua a quei furfanti. A proposito, che cosa fanno? Che si siano accorti che la loro prigione cammina attraverso l'Atlantico?

— Io scommetterei di no — disse Toby.

— Che dormano? — chiese Brandok. — Non odo più le loro grida.

— Andiamo a vedere — disse il capitano. — Sono curioso di sapere se continuano a bere ed a ballare.

Si spinsero verso il pozzo dell'ascensore.

Le lampade a radium ardevano sempre, ed un profondo silenzio regnava nell'interno della città galleggiante. Sulla piazza, in mezzo ad un gran numero di barili e d'ogni sorta di rottami, dormivano dei gruppi di forzati, fulminati di certo da quelle terribili bevute.

Altri giacevano stesi al suolo entro le case semidistrutte, prive dei tetti. Un orribile tanfo saliva sempre.

— Dormono come ghiri — disse Brandok.

— Sfido io, dopo una simile orgia! — rispose Toby — Un barile di ammoniaca non basterebbe a rimetterli in piedi.

— E noi approfitteremo del loro sonno — disse Jao.

— Per fare che cosa? — chiese il capitano del *Centauro*.

— Per fare la nostra provvista d'acqua, signore.

— Voi siete un uomo meraviglioso. Chi scenderà?

— Io.

— E se vi accoppano?

— Non vi è alcun pericolo — disse Toby. — Quei furfanti non si sveglieranno prima di ventiquattro ore.

— Ed i miei marinai? — chiese il capitano — Che siano stati uccisi?

— Ne vedo qualcuno steso sulla piazza — disse il pilota. — Essi non hanno potuto resistere alla tentazione di fare una colossale bevuta, ed hanno fatto causa comune coi forzati. Non contate più su di loro.

— Miserabili!

— Sono tutti irlandesi; voi sapete quanto me se quella gente beva, quando si presenta l'occasione.

— Non perdiamo tempo — disse Jao. — Aiutatemi, signori.

L'ascensore fu sbloccato e l'ex governatore scese nella città accompagnato dal pilota.

La sua prima preoccupazione fu di sfondare tutti i barili pieni d'alcool che non erano stati ancora vuotati, e così por fine a quell'orgia pericolosa; poi s'impadronì d'una cassa di pesce secco e di un caratello d'acqua dolce.

Nessun forzato si era svegliato. Quei trecento e più furfanti non si erano mossi e russavano con un fragore tale da far tremare perfino i vetri della cupola.

L'ascensore risalì e fu subito bloccato perchè non potessero servirsene quelli che stavano sotto.

— Ora — disse Jao — possiamo aspettare l'incontro di una nave. Per quindici giorni almeno non correremo il pericolo di morire di fame e di sete.

— Ed i vostri sudditi ne avranno abbastanza per resistere tanto? — chiese Brandok.

— Che crepino tutti! Sono dei miserabili che non destano alcuna compassione — rispose Jao con rabbia. — Io non mi occuperò più di loro.

— Eppure io temo invece che noi saremo costretti ad occuparcene e molto — disse Brandok.

— Quando si risveglieranno e sentiranno la loro città ballare vorranno salire anche loro e ci daranno non pochi fastidi.

— Ed io condivido il vostro pensiero, signore — disse il capitano. — Avremo la tempesta sopra le nostre teste e quei pazzi sotto di noi. La nostra passeggiata attraverso l'Atlantico, prevedo che non sarà troppo divertente. Chissà! Aspettiamo che il sole si mostri per poter meglio giudicare la violenza e la durata di questo ciclone.

Emergendo assai la città galleggiante dopo il suo distacco dalla roccia, e non essendovi alcun pericolo che le onde giungessero fino al culmine della cupola, i sei uomini si sdraiarono presso l'orifizio del pozzo, per concedersi, se era possibile, qualche ora di sonno.

L'enorme massa metallica subiva però dei soprassalti così terribili e così bruschi da rendere impossibile una buona dormita.

Le onde che si succedevano alle onde con furia sempre maggiore, la scrollavano terribilmente e la facevano talvolta girare su se stessa, essendo sprovvista di timoni.

Di quando in quando sprofondava pesantemente negli avvallamenti, come se dovesse scomparire per sempre nei baratri dell'Atlantico; poi si risollevava bruscamente con mille strani fragori che impressionavano specialmente Brandok, i cui nervi, già da qualche tempo, sembravano fortemente scossi.

Talvolta s'alzava sulle creste dei cavalloni con un dondolio spaventoso, quindi scendeva, scendeva, con rapidità vertiginosa, roteando come una trottola.

E l'uragano intanto, invece di calmarsi, aumentava sempre.

Lampi accecanti si succedevano senza tregua con un crescendo terrorizzante, seguiti da tuoni formidabili che si ripercuotevano sinistramente perfino dentro la città, facendo vibrare le pareti di metallo, senza riuscire a svegliare gli ubriachi.

Tutta la notte, l'enorme massa oscillò e girò, percossa incessantemente dai cavalloni, i quali la spingevano verso il Mar dei Sargassi piuttosto che verso le Azzorre, come dapprima aveva creduto il capitano.

Finalmente, verso le quattro del mattino, un barlume di luce apparve fra uno squarcio delle tempestose nubi.

L'Atlantico offriva uno spettacolo impressionante. Masse d'acqua, coperte di spuma, si accavallavano rabbiosamente, urtandosi e spingendosi.

Nessuna nave, nè aerea, nè marittima, appariva. Solamente dei grossi albatros volteggiavano fra la spuma e la caligine, grugnendo come porci.

— Nessuna speranza di venire salvati, è vero, capitano? — chiese Brandok.

— Per ora, no — rispose il comandante del *Centauro*.

— Dove ci spinge il vento?

— Verso sud-ovest.

— Lontano dalle rotte tenute dalle navi?

— Purtroppo, signore.

— Dove andremo a finire dunque?

— Sarebbe impossibile dirlo, poichè il vento potrebbe anche cambiare da un momento all'altro.

In quell'istante delle grida spaventevoli scoppiarono nell'interno della città galleggiante.

I tre americani, il capitano, il pilota e Jao si affrettarono a raggiungere la bocca del pozzo.

I forzati si erano svegliati e, presi chissà da quale furioso delirio, si azzuffavano ferocemente fra di loro armati degli attrezzi da pesca e di coltelli.

I miserabili cadevano a dozzine, immersi in veri laghi di sangue, coi crani spaccati da colpi di rampone o coi petti squarciati da colpi di coltello.

— Disgraziati, che cosa fate? — gridò Jao inorridito.

La sua voce si perdette fra i clamori spaventevoli dei combattenti.

Il capitano sparò alcuni colpi della sua rivoltella elettrica, sperando che quelle detonazioni, troppo deboli, però, attirassero l'attenzione di quei furfanti.

Nessuno vi aveva fatto caso: forse nemmeno un colpo di cannone sarebbe stato sufficiente ad impressionarli.

— Lasciate che si scannino — disse Brandok. — Tanti pessimi soggetti di meno.

— D'altronde, noi nulla potremmo fare per calmarli — disse il capitano del *Centauro*. — Se scendessimo, ci farebbero a pezzi.

— Io vorrei sapere per quale ragione si scannano a quel modo — disse Holker.

— Sono ancora ubriachi, non lo vedete? — disse il capitano. — Vomitano sangue e alcool insieme.

— Finitela! — gridava intanto, con quanta voce aveva in gola Jao! — Basta, miserabili! Basta!

Era fiato sprecato.

La strage orrenda continuava con maggior rabbia fra i due partiti, formatisi chissà per quale motivo.

Combattevano sulla piazza, nelle viuzze, perfino dentro le case, fra urla e bestemmie. Di quando in quando dei gruppi si staccavano e correvano a rinforzarsi ai pochi barili che il pilota e Jao non avevano veduto e sfondato; poi, vieppiù eccitati, si scagliavano con furore nella mischia.

167

Quella battaglia spaventosa durò più di una mezz'ora, con grande strage da una parte e dall'altra; poi i superstiti un centinaio appena, esausti, si separarono, rifugiandosi chi nelle baracche semisfondate, chi negli angoli più oscuri della città, lasciandosi cadere al suolo come corpi morti.

— È finita — disse Brandok. — Che ricomincino e tramutino la città galleggiante in una città di morti?

— Ecco un nuovo pericolo per noi — disse il capitano del *Centauro*. — Chi getterà in mare quei tre o quattrocento morti? Col calore che regna qui si corromperanno presto e scoppierà fra i superstiti qualche malattia che finirà per distruggerli.

— E che forse non risparmierà nemmeno noi, — disse Toby — se non troveremo qualche mezzo per lasciare questa città di morti.

— Per ora rassegnatevi, signori — disse il capitano. — Non vedo alcuna terra sorgere all'orizzonte.

— Il *Centauro* deve essere stato costruito quando brillava una cattiva stella, mio caro capitano — disse Brandok.

— Così pare. Non è stato che un continuo succedersi di disgrazie. Chissà, aspettiamo la fine di questo poco allegro viaggio. La città per ora non minaccia di affondare, quindi abbiamo diritto di sperare.

Sembrava però che le speranze dovessero diventare ben magre, poichè l'uragano continuava sempre ad infuriare, sconvolgendo l'Atlantico per un tratto certamente immenso.

Nondimeno la città galleggiava sempre benissimo, ora sollevandosi ed ora sprofondandosi fino a metà della cupola.

Talvolta i cavalloni giungevano quasi fino presso i sei uomini, i quali si tenevano bene aggrappati all'orlo del pozzo, per paura di venire portati via.

La spuma talvolta li avvolgeva così fittamente che non potevano distinguersi l'uno dall'altro, quantunque si trovassero molto vicini.

Il sole era sorto da qualche ora, però i suoi raggi non riuscivano ad attraversare l'enorme massa di vapori, sicchè sull'oceano regnava una semioscurità spaventosa.

A mezzodì i naufraghi mangiarono alla meglio qualche boccone; poi, dopo essersi assicurati con delle reti alle traverse dei vetri, cercarono di dormire qualche ora sotto la guardia del pilota del *Centauro*.

Tutta la notte non avevano chiuso un solo istante gli occhi, e specialmente Brandok e Toby si sentivano estremamente stanchi ed in preda a dei tremiti convulsi, che li impressionavano non poco.

Verso sera uno splendido raggio di sole ruppe finalmente le nubi, illuminando di traverso le onde, essendo l'astro prossimo al tramonto.

Il capitano, avvertito dal pilota, si era affrettato ad alzarsi per cercare di conoscere, almeno approssimativamente, dove l'uragano aveva spinto la città galleggiante. Rimase subito colpito dalla presenza di enormi masse di alghe che fluttuavano in mezzo alle onde.

— Lo temevo — disse aggrottando la fronte.

— Che cosa avete? — chiese Brandok con apprensione.

— Miei cari signori, noi corriamo il pericolo di venir fermati per sempre nella nostra corsa ed imprigionati.

— Da chi? — chiesero ad una voce i tre americani.

— Dai sargassi. Se questo enorme cassone si caccia fra quegli ammassi di alghe, non ne uscirà più, ve lo assicuro io, a meno che un'altra tempesta non scoppi soffiando in senso inverso.

— Ma voi capitano, avete la iettatura — disse Brandok.

— Si direbbe davvero, purchè invece non l'abbia Jao o la sua città.

— Ci spinge proprio sui sargassi il vento? — disse Toby.

— E le onde anzi lo aiutano — rispose il capitano, che diventava sempre più inquieto.

— Tempesta, alghe, morti e persone pericolose sotto i piedi — mormorò Brandok. — Non valeva proprio la pena di ritornare in vita dopo cent'anni per provare simili avventure.

— Ed i vostri amministrati che cosa fanno Jao? — chiese il capitano.

— Russano in mezzo ai morti.

— Ancora! Meglio per noi. Se non si svegliassero più sarei ben contento, poichè sono certo che ci daranno non pochi fastidi quando finalmente apriranno gli occhi e non troveranno più alcool per continuare la loro indecente orgia. Attenzione! L'urto sarà abbastanza forte per scaraventarvi in acqua se non vi terrete ben saldi.

L'Atlantico, che si trovava fermato nella sua corsa furibonda, sferzato poderosamente dal vento che lo incalzava senza tregua, raddoppiava la sua rabbia, cercando di sfondare, ma invano, quelle interminabili masse di alghe, saldamente intrecciate le une colle altre per mezzo d'un numero infinito di radici.

Le ondate, non trovando sfogo, si ritorcevano su loro stesse, provocando dei contrassalti d'una violenza indescrivibile.

Immense cortine di spuma vagavano al di sopra dei sargassi abbattendosi di quando in quando e lacerandosi sotto i vigorosi soffi delle raffiche.

La città galleggiante rollava in modo inquietante, tuffando i suoi fianchi nelle onde.

Tutte le sue balaustrate erano state strappate, però le traverse d'acciaio delle invetriate resistevano sempre.

Guai se avessero ceduto sotto il peso immane dei cavalloni. Nessuno dei forzati sarebbe di certo sfuggito all'invasione delle acque.

Gli ultimi bagliori del crepuscolo stavano per scomparire, quando la città galleggiante che continuava la sua corsa verso il sud-ovest si trovò in mezzo alle prime alghe.

— Ci siamo! — gridò il capitano, dominando per un istante, colla sua voce tonante, i mille fragori della tempesta. — Tenetevi saldi!

Una montagna liquida sollevò la città, la tenne un momento come sospesa in aria, poi la scaraventò innanzi con forza inaudita.

Si udì un rombo sonoro, prodotto dalle pareti d'acciaio, poi l'enorme massa rimase immobile, mentre le onde attraversavano velocemente la cupola lasciando cadere entro il pozzo dei torrenti d'acqua, i quali precipitarono sulle teste degli ubriachi come una gran doccia   salutare.

XVII - Fra i Sargassi

Il Mar dei Sargassi, come ognuno sa, non è altro che un ammasso immenso di alghe, radunate colà dal gioco diretto ed indiretto delle correnti marine e soprattutto dalla grande corrente del Gulf-Stream. Ha una superficie di 260.000 miglia quadrate, con una lunghezza di 1.200 e una larghezza che varia dalle 50 alle 160 miglia.

Quelle alghe della specie *sargassum bacciferum*, si presentano a ciuffi staccati che hanno una lunghezza da trenta a ottanta centimetri, e si vedono ora sparsi ed ora agglomerati, formando ora delle strisce ed ora dei veri campi, talvolta così fitti da arrestare i velieri che hanno la disgrazia di venire spinti là dentro.

Si crede che là sotto esista quella famosa Atlantide, così misteriosamente scomparsa coi suoi milioni e milioni di abitanti, e può darsi benissimo che quell'isola serva di fondo a quello sterminato ammasso di vegetali.

La città galleggiante, spinta in mezzo alle alghe dal possente urto delle onde, vi si era così ben incastrata da rimanere quasi di colpo immobile, come se si fosse arenata sopra un banco di sabbia.

L'enorme massa d'acciaio, investendo i sargassi con uno dei suoi lati, vi si era incastrata come un immane cuneo dentro un tronco d'albero ancora più immane.

Le onde, che si rovesciavano al di sopra degli sterminati campi di alghe, tentando invano di scompaginarli, l'assalivano ancora, investendo specialmente la cupola, con poco divertimento dei sei uomini, i quali correvano il pericolo di venire portati via; però le ondate non riuscivano più a scuoterla.

— È finito il nostro viaggio, capitano? — disse Brandok, che si teneva aggrappato disperatamente al margine del pozzo.

— Purtroppo — rispose il comandante del *Centauro*.

— Siamo peggio che arenati, e non saprei chi potrebbe

trarre dal mezzo di queste alghe questo gigantesco cassone di metallo.

Nemmeno una flotta intera vi riuscirebbe.

— Saremo dunque costretti a vivere eternamente qui, o a morire di fame?

— Di fame no, poichè il Mar dei Sargassi è ricco di pesci minuscoli, sì, però non meno eccellenti nè meno nutritivi degli altri, e che si possono prendere senza l'aiuto delle reti.

Troveremo, anzi, anche dei voracissimi e grossi granchi, che ci forniranno dei piatti squisiti.

— Preferirei però trovarmi lontano da qui.

— Ed io non meno di voi.

— Verrà qualche nave a levarci da questa imbarazzante situazione?

— È possibile che qualche legno volante, per accorciare il cammino, passi sopra questo mare d'erbe, ma quando?

Un tumulto spaventevole scoppiò in quel momento nelle profondità della città galleggiante.

— Si sono risvegliati — disse Toby. — Signor Jao, cercate di calmare quelle furie, se potete, e di spiegare loro quanto è avvenuto durante la loro sbornia fenomenale.

— Sarà un affare un po' serio. Sarebbe meglio per noi che finissero di scannarsi tutti.

Si curvarono tutti sull'orlo del pozzo e videro sotto di loro, radunati sulla piazza, che era ingombra di cadaveri, cinquanta o sessanta uomini che guardavano per aria, urlando come belve feroci.

— L'ascensore! Calate l'ascensore! Vogliamo fuggire!

— Furfanti! — gridò Jao. — Che cosa avete fatto?

— Signor Jao! — gridò un uomo di statura quasi gigantesca — perdonateci, eravamo diventati come pazzi e non sapevamo più quello che facevamo. Tutta la colpa è dell'alcool al quale non eravamo più abituati.

— E vi siete scannati, banditi.

— Se eravamo come pazzi!...

— E avete distrutte perfino le case e rovinati tutti gli attrezzi da pesca.

— È colpa dell'alcool! — gridò un altro. — Se quel maledetto capitano non l'avesse portato, oggi non piangeremmo tanti camerati.

— Sì, è lui il birbante! — urlarono trenta o quaranta voci.

— E voi siete dei ladri! — gridò il capitano del *Centauro*, mostrandosi.

Un immenso clamore scoppiò, un clamore che parve il ruggito di cento leoni riuniti.

— Miserabile!

— Canaglia!

— Ci hai avvelenati apposta!

— Qualche infame governo ti aveva mandato qui per farci diventare pazzi e poi ammazzarci l'un l'altro.

— A morte! A morte!

— Toby! — esclamò Brandok. — Hanno ancora ragione loro.

— Va bene — gridò Jao. — Ne riparleremo, quando sarete diventati più ragionevoli ed i fumi dell'alcool non vi guasteranno più il cervello.

— Ah! Cane d'un governatore! — vociò il gigante.
— Non morrò contento se prima non avrò la tua pelle.

— Vieni a prenderla — rispose Jao. — Ti sfido.

— Non mi scapperai, te lo giuro.

— Sì, accoppiamoli tutti! — urlarono in coro gli altri.

— Lasciamoli gridare e occupiamoci dei nostri affari — disse il capitano. — Già non potranno mai salire fino a noi, se non caliamo l'ascensore; e per togliere loro ogni speranza lo getto in mare.

Così dicendo il comandante, prima che gli altri avessero il tempo di opporsi, con una spinta formidabile lo rovesciò giù dalla cupola.

Le alghe, che in quel luogo non erano troppo fitte, s'aprirono e lo inghiottirono.

— Avete condannato a una morte certa quegli sciagurati — disse Toby.

— Se domani una nave approdasse qui, sapete che cosa farebbe? — chiese il capitano.

— No.

— Farebbe senz'altro saltare questa città con una buona bomba ad aria liquida, insieme a tutti quelli che contiene, morti e vivi. È vero Jao?

— Così hanno decretato i governi dell'Europa e dell'America, per tenere a freno i rifiuti della società — rispose il vecchio.

— Non sono ancora tre mesi che una nave aerea, mandata dal governo americano, ha colato a fondo la città sottomarina di Fortawa, perchè i cinquecento forzati che l'abitavano si erano ribellati, uccidendo il capitano di una nave e tutti i passeggeri per saccheggiare poi il carico.

— Queste sono leggi inumane — disse Brandok.

— La società vuole vivere e lavorare tranquillamente, — rispose il capitano. — Tanto peggio per i furfanti. Bah! Lasciamo questi poco interessanti discorsi e facciamo colazione, giacchè l'oceano ci lascia un po' di tregua.

— Io non potrò mangiare tranquillamente pensando che sotto di me vi sono forse cento persone che cominciano a soffrire la fame.

— I viveri non mancheranno loro per parecchi giorni — disse Jao. — Se poi verranno a più miti consigli li sbarazzeremo dei cadaveri perchè non scoppi qualche terribile epidemia che sarebbe indubbiamente fatale anche a noi, col calore spaventevole che regna in questa regione, e permetteremo loro di venire a respirare una boccata d'aria. Che cosa ne dite, capitano?

— Io li lascerei crepare — rispose il comandante del *Centauro*.

— No, ciò sarebbe inumano — dissero Toby e Holker.

— Io sono convinto che finiranno per calmarsi — disse Brandok. — Quando i cadaveri cominceranno a corrompersi, saranno costretti ad arrendersi.

— Cerchiamo la nostra colazione — ripetè il capitano. — Non ci conviene consumare il nostro pesce secco, che potremmo più tardi rimpiangere. Scendiamo sui sargassi, signori; i pesci, i granchi grossi ed i granchiolini, come vi ho detto, abbondano fra queste alghe.

Si lasciarono scivolare lungo le invetriate della cupola, tenendosi con una mano alle traverse di metallo e si calarono sul campo di sargassi che era in quel luogo così folto da poter reggere benissimo un uomo.

Il capitano aveva detto il vero assicurando che la colazione non sarebbe mancata.

In mezzo alle alghe, formate da fronde brune, molto ramificate, con corti peduncoli forniti di foglie lanceolate, guizzavano miriadi di piccoli pesci, piatti, deformi, con una bocca molto larga, lunghi appena un centimetro, del genere degli *antennarius*, di *octopus* purpurei, e saltellavano dei piccoli cefalopodi e dei grossi granchi, occupati a fare delle vere stragi dei loro sfortunati vicini.

— Che disgrazia non possedere una buona padella ed una bottiglia d'olio — mormorava Brandok che non perdeva però il suo tempo. — Che ottima frittura si potrebbe mangiare!

La caccia, poichè si trattava d'una vera caccia, anzichè d'una pesca, durò una buona mezz'ora e fu abbondantissima.

176

Non potendo cucinare tutti quei piccoli pesci, poichè i fornelli a radium si trovavano in fondo alla città galleggiante, i tre americani ed i loro compagni furono costretti a mangiare quella squisita frittura... viva! L'uragano intanto a poco a poco si calmava. Le nuvole si erano finalmente spezzate, il vento aveva terminato di lanciare i suoi poderosi soffi e l'Atlantico, come se si fosse stancato di quella gigantesca battaglia che durava da quarantotto ore, si spianava rapidamente.

Non accennava invece a calmarsi la rabbia dei forzati. Le troppo copiose libazioni dovevano aver sconvolto completamente quei cervelli che forse non erano mai stati equilibrati.

Resi maggiormente furiosi dal rifiuto di Jao di calare l'ascensore, avevano saccheggiato i magazzini gettando tutto sottosopra, poi avevano ripresa la demolizione delle casupole che ancora rimanevano, tutto fracassando e tutto disperdendo.

Salivano di quando in quando dal pozzo urla feroci, che commuovevano non poco Toby e Brandok, ma che lasciavano assolutamente indifferenti il capitano, Jao, il pilota e perfino Holker, i quattro uomini moderni ormai abituati a considerare i malviventi come belve pericolose per la società! Alla sera però tutto quel baccano cessò. I forzati, stanchi di distruggere e di urlare, si erano finalmente decisi a riposarsi, malgrado il tanfo insopportabile che cominciava ad espandersi al di sotto della immensa cupola; i cadaveri cominciavano a decomporsi.

I tre americani ed i loro compagni, seduti sull'orlo del pozzo, un po' tristi, guardavano il cielo che era tornato ad oscurarsi, chiedendosi quale altro malanno stava per coglierli.

Si sarebbe detto che un nuovo uragano stava per scatenarsi sull'irrequieto oceano. Un'afa pesante, soffocante, regnava negli alti e nei bassi strati, satura di elettricità.

Il sole, qualche ora prima, si era tuffato più rosso del solito, dentro una nuvolaccia nera che era apparsa verso ponente.

— Ancora cattivo tempo, è vero, capitano? — chiese Brandok.

— Sì — rispose il comandante del *Centauro*, che appariva più preoccupato del solito. — Avremo una seconda burrasca signori miei, che getterà completamente fuori di rotta le navi volanti che potrebbero trovarsi in questi paraggi. Ho però una speranza.

— Quale? — chiese Toby.

— Che questo uragano che verrà da ponente ci tragga dai sargassi e ci spinga nuovamente al largo.

— Sarebbe una vera fortuna, capitano.

— Adagio, signore. Se il vento ci spingesse questa volta verso le Canarie? Ecco quello che temo.

— Vi rincrescerebbe approdare a quelle isole? — chiese Brandok con sorpresa.

Il capitano del *Centauro* guardò a sua volta l'americano con profonda sorpresa.

— Ma da dove venite voi? — gli chiese.

— Dall'America, signore.

— Un paese che non è poi molto lontano dalle Canarie.

— Non so che cosa vogliate dire con ciò, capitano — disse Brandok sempre più stupito.

— Disgraziata la nave marina od aerea che cadesse su quelle isole — rispose il capitano.

— Nessun uomo dell'equipaggio uscirebbe certamente vivo.

— Che cosa è successo dunque su quelle isole? — chiese Toby, che non era meno sorpreso di Brandok.

— Diamine! I governi dell'America, dell'Europa, dell'Asia e dell'Africa hanno popolato quelle isole di tutti gli animali che un tempo esistevano su tutti i cinque continenti.

— Perchè? — chiese Brandok.

— Per conservare le razze. Là vi sono tigri, leoni, elefanti, pantere, giaguari, coguari, bisonti, serpenti e tante altre bestie delle quali io non conosco nemmeno il nome — rispose il capitano. — Come ben sapete, ormai, tutti i continenti sono fittamente popolati, quindi quegli animali non avrebbero più trovato nè rifugio, nè scampo. Gli zoologi di tutto il mondo, prima della distruzione completa di tutte le belve, hanno pensato di conservare almeno le ultime razze.

— Trasportandole alle Canarie?

— Sì, signor Brandok — rispose il capitano.

— E gli abitanti di quelle isole non vengono divorati?

— Quali abitanti?

— Non ve ne sono più? Scusate la mia ignoranza, capitano, ma noi veniamo dalle parti più remote del continente americano, dove non giungono notizie di tutti gli avvenimenti del mondo — disse Toby, che non desiderava affatto far conoscere la storia della loro risurrezione.

— Credevo che gli americani fossero più innanzi di noi europei — disse il capitano. — Dunque voi avete sempre ignorato la terribile catastrofe che ha colpito quelle disgraziate isole cinquant'anni or sono?

— Non ne abbiamo mai udito parlare — rispose Brandok.

— Già si sapeva che tutte quelle isole erano d'origine vulcanica — rispose il capitano. — Non erano altro che le punte estreme d'immense montagne o meglio di vulcani, inghiottiti forse durante il gigantesco cataclisma che fece sprofondare l'antica Atlantide. Un brutto giorno il Tenerifa, dopo chi sa quante migliaia d'anni di sonno, cominciò a svegliarsi, vomitando lave in quantità prodigiosa e tanta cenere da coprire tutte le isole del gruppo. Ancora si fosse limitato a questo; vomitò invece, anche una tale massa di gas asfissiante da distruggere completamente la popolazione.

— Non ne scampò nemmeno uno? — chiese Brandok.

— Appena quindici o venti, i quali recarono in Europa la terribile notizia — rispose il capitano.

— Quell'eruzione spaventevole durò vent'anni, facendo scomparire parecchie isole, poi cessò bruscamente. I governi europei ed americani, dopo aver invano cercato di ripopolare quelle terre, hanno allora pensato di relegarvi tutti gli animali, feroci o no, che ancora sussistevano sui cinque continenti, per impedirne la totale distruzione.

— Sicchè quelle isole sono diventate tanti serragli — disse Toby.

— Sì, signore. Di quando in quando dei coraggiosi cacciatori si recano là a fare delle battute, onde provvedere i musei ed impedire che quegli animali diventino troppo numerosi.

— Quante cose hanno fatto questi uomini in cent'anni! — mormorò Brandok, che era diventato pensieroso. — Se potessimo ripetere l'esperimento, che cosa vedremmo fra un altro secolo? Forse noi, uomini d'altri tempi, non potremmo più vivere.

L'uragano che il capitano aveva annunciato si avanzava, con un crescendo orribile di tuoni e di lampi così intensi che Brandok e Toby si sentivano accecare.

Pareva che la grande elettricità sviluppata dalle infinite macchine elettriche funzionanti sulla crosta terrestre, avesse avuto una ripercussione anche negli alti strati aerei, perchè i due americani non avevano mai veduto, ai loro tempi, lampi così abbaglianti e di così lunga durata.

L'uragano questa volta veniva da ponente. Era quindi probabile che il Mare dei Sargassi, scompaginato dai furiosi assalti dell'Atlantico, allargasse le sue mille e mille braccia, lasciando libera la città galleggiante.

Alla mezzanotte, l'oceano sollevato da un vento impetuosissimo, diede i primi cozzi ai campi dei sargassi. I suoi cavalloni piombavano sulle masse erbose con furia estrema, rodendo o sfondando qua e là i margini.

La città galleggiante, investita per di sotto, si agitava in tutti i sensi. Pareva che dei marosi, d'una potenza incalcolabile, la urtassero nella sua parte inferiore, poichè di quando in quando subiva dei soprassalti violentissimi che mettevano a dura prova i muscoli dei tre americani e dei loro compagni.

I forzati, svegliati dal rombare incessante dei tuoni, dai bagliori intensissimi dei lampi e dal rumoreggiare delle onde, avevano ricominciato a urlare, mescolando le loro voci a quella possente della tempesta.

Spaventati da tutto quel fracasso, non sapendo che cosa succedeva all'esterno, chiedevano che si calasse l'ascensore, che ormai non c'era più, minacciando di sfondare le pareti della città galleggiante e di annegare tutti.

— Non ci mancherebbe altro! — esclamò il capitano, un po' inquieto. — Se mettono in esecuzione la loro minaccia, buona sera a tutti. Non sarà il campo dei sargassi che ci salverà, con questo indiavolato ondulamento. Caro Jao, bisogna cercare di calmarli.

— Bisognerebbe farli salire e allora ci accopperanno tutti — rispose il vecchio che cominciava a tremare.

— Cercate di rassicurarli.

— Non mi ascolteranno. Vogliono uscire da quella bolgia infernale dove soffocano. Non sentite che puzza orrenda comincia a sprigionarsi da tutti quei cadaveri?

181

— Non siamo stati noi a commettere la strage — disse il capitano. — Ne sopportino le conseguenze ora. Noi non possiamo, in così piccolo numero e senza ascensore, far salire fino a noi quattrocento e più cadaveri. Ci vorrebbe una settimana di lavoro.

— E forse non basterebbe — disse il pilota.

— Eppure bisogna fare qualche cosa per quei disgraziati, — disse Toby.

— Che stupido sono! — esclamò in quel momento Jao. — E più stupidi di me sono anche loro.

— Perchè, amico? — chiese il capitano.

— Noi possiamo tramutare la città galleggiante in una immensa ghiacciaia. E nessuno prima ci aveva pensato! Tre volte bestia con cento corna!

— In qual modo? — chiesero Brandok e Toby.

— Abbiamo più di venti serbatoi pieni d'aria liquida per la conservazione del pesce. Dieci si trovano sotto la cupola e gli altri nei quattro angoli della città. Fra cinque minuti i cadaveri geleranno o poco meno, e la loro putrefazione sarà immediatamente arrestata.

— E gelerete anche i vivi — disse Brandok.

— Hanno delle coperte; che si coprano — disse il capitano.

— Cercate almeno prima di calmarli ed avvertirli — disse Toby. — Non udite come picchiano contro le pareti della città? Non dubito che siano robustissime, però potrebbero cedere in qualche punto.

— Avete ragione — rispose Jao.

Per essere meglio udito dai forzati, si calò fino sulle traverse d'acciaio che avevano servito di sostegno all'ascensore, comparendo fra i potenti fasci di luce proiettati dalle lampade a radium che non erano state più spente.

Fu subito scorto dagli abitanti i quali non cessavano di guardare in alto, sempre colla speranza di veder

182

scendere l'ascensore, ed un coro d'invettive salì su pel pozzo con un frastuono indiavolato.

— Eccolo, il brigante!

— Eccolo, il traditore!

— Linciamo quell'avanzo di galera che ha giurato da sempre la nostra distruzione.

— Scendi cane!... Scendi!...

Jao li lasciò sfogare, ricevendo filosoficamente, senza turbarsi, quell'uragano d'ingiurie e di minacce, e quando vide che non avevano più fiato, fece loro un gesto amichevole, gridando: — Ma finitela, pazzi! Volete ascoltarmi sì o no? Se continuate, risalgo e non mi rivedrete più mai.

— Sì, sì, lasciamolo parlare! — gridarono parecchie voci.

— Parla dunque, vecchio — disse una voce.

— La nostra città si è staccata dallo scoglio e la tempesta ci ha portati fra i sargassi.

— Tu menti!

— Che uno di voi, ma uno solo, salga per accertarsi se io ho detto la verità.

— Cala l'ascensore!

— Il mare l'ha portato via.

— Manda giù una fune allora.

— Sì — rispose Jao. — Vi avverto però che se sale più d'uno la taglieremo. La cupola è avariata e crollerebbe sotto il vostro peso.

— E vuoi che crepiamo qui, fra tutti questi cadaveri che puzzano orrendamente? — gridò un altro.

— Aprite i serbatoi dell'aria liquida e geleranno presto. — Aveva appena terminato di parlare che tutti quegli uomini si precipitavano verso i quattro angoli della città galleggiante, dove si vedevano degli enormi tubi d'acciaio.

Si udirono tosto dei fischi acutissimi, poi una corrente d'aria gelida eruppe dal pozzo, mentre le lastre di vetro si coprivano per di sotto d'uno strato di ghiaccioli.

Intanto Brandok, il capitano ed il pilota avevano attaccato le funi che una volta servivano per sospendere le reti e che le onde in parte avevano risparmiate, e le avevano annodate.

— Caliamole nella ghiacciaia — disse Brandok, che respirava a pieni polmoni l'aria fredda che usciva sempre a folate dal pozzo. — Siamo quasi sotto l'equatore e battiamo già i denti. Che cosa non hanno dunque inventato questi meravigliosi uomini del Duemila? Io finirò per impazzire davvero, te lo assicuro!

I forzati, aperte le valvole, erano corsi a chiudersi nelle case che ancora si mantenevano, bene o male, in piedi, impadronendosi di tutte le coperte che trovavano.

Se sotto la cupola andava formandosi il ghiaccio, quale freddo doveva regnare laggiù con quei quattro serbatoi che soffiavano fuori gradi e gradi di gelo? La fune finalmente, solidamente trattenuta dal capitano, dal pilota e da Jao toccò il suolo; ma allora un altro e più spaventevole tumulto scoppiò fra quei furibondi.

Venti mani l'avevano afferrata e non volevano più lasciarla. Quelli che non avevano potuto farsi innanzi a tempo, si erano messi a percuotere spietatamente i compagni che pei primi l'avevano presa.

Il capitano ed i suoi compagni, nauseati da quelle scene, invano si erano provati a ritirare la fune. Sarebbe stato necessario un argano.

Già il primo stava per proporre di tagliarla, quando un giovine galeotto più lesto degli altri, con un salto degno d'un *clown*, balzò sopra le teste dei rissanti, aggrappandovisi e troncandola, con un colpo di coltello, sotto i propri piedi.

— Su! Su! — gridò il capitano.

Il giovine montava rapidamente, poichè anche gli americani prestavano man forte al capitano.

I forzati, vedendo salire il compagno, lo coprivano d'ingiurie, minacciando di sventrarlo appena fosse disceso.

— Noi non potremo mai andare d'accordo con quelle canaglie — mormorò Brandok. — Il galeotto di cent'anni fa mi pare che si sia mantenuto eguale. La scienza tutto ha perfezionato fuorchè la razza, e l'uomo malvagio è rimasto malvagio. Passeranno secoli e secoli, ma, levato lo strato di vernice datogli dalla civiltà, sotto si troverà sempre l'uomo primitivo dagli istinti sanguinari.

La fune, vigorosamente tirata dal capitano e dai suoi compagni, era giunta presso i margini del pozzo.

Il galeotto che vi si era aggrappato, un giovinotto quasi ancora imberbe, biondo, allampanato, tutto braccia e gambe, appena si vide a buon punto, lasciò la fune balzando agilmente sulla cupola.

— Guarda dunque e va a riferire ai tuoi compagni quello che hai veduto — gli disse Jao.

— Che siamo sul mare o all'inferno poco m'importa — rispose il galeotto, respirando a lungo.

— Sono uscito da quel macello e mi basta. Accoppatemi, se volete, ma io non ritornerò mai più laggiù. Mi farebbero a brani.

— Rimani adunque, però t'avverto — disse il capitano — che se tenterai qualche cosa contro di noi, avrai da aggiustare i conti colla mia rivoltella elettrica.

— Non vi darò alcun impiccio, ve lo giuro, signore.

— Sotto, i forzati urlavano a squarciagola.

La gran voce della tempesta però non tardò a soffocare tutti quei clamori.

L'uragano sconvolgeva per la seconda volta l'Atlantico.

— Dove andremo? — si chiese il capitano, che guardava con inquietudine le onde che si rovesciavano, con furia estrema sui campi dei sargassi.

Ad un tratto la città galleggiante che si trovava un po' sbandata, si raddrizzò di colpo, emergendo bruscamente di parecchi metri.

— Aggrappatevi alle traverse! — aveva gridato Jao.

Un'onda mostruosa, passando attraverso il campo dei sargassi contro cui s'appoggiava la città galleggiante, avanzava con mille muggiti spingendo innanzi a sè delle fitte cortine d'acqua polverizzata che velavano perfino la luce dei lampi.

— Andiamo dunque? — chiese Brandok, che col robusto braccio destro teneva fermo Toby, affinchè non venisse portato via dal cavallone.

Una tromba, una vera tromba d'acqua passò su di loro, coprendoli ed inzuppandoli dalla testa ai piedi, poi la città galleggiante si spostò e fece un salto immenso. Era   nuovamente   libera.

XVIII - L'isola delle belve feroci

Per la seconda volta la città sottomarina si trovava in balía dell'oceano. Le forze brutali della natura avevano nuovamente vinto, ma questa volta non in peggio, perchè avevano liberati i naufraghi, si potevano chiamare così ormai, da una prigionia che avrebbe potuto diventare fatale a tutti.

L'enorme massa aveva ripresa la sua danza disordinata. Dove andava? Nessuno lo sapeva.

Certo però il vento e le onde li spingevano verso nord-est, in direzione delle Canarie.

I sette uomini, essendo rimasto con loro il giovine forzato, non si trovavano però in liete condizioni.

Erano ben più fortunati i galeotti, i quali almeno stavano al sicuro entro le pareti d'acciaio, al sicuro dai colpi di mare e dai terribili colpi di vento, sia pure alle prese col freddo intenso che si sprigionava incessantemente dai serbatoi d'aria liquida.

L'uragano infuriava con rabbia estrema. Pareva che ormai avesse decretata la perdita di quella disgraziata città galleggiante.

— Toby, — disse Brandok, mentre le onde continuavano a passare e ripassare sulla cupola, con impeto spaventevole — da buon americano le avventure non mi sono mai dispiaciute; però comincio ad averne abbastanza di questa interminabile storia. Sai a che cosa penso io?

— Pensi che le onde sono troppo violente e che l'Atlantico non è troppo clemente verso gli uomini di cento anni fa.

— No, che noi finiremo male.

— E ti lamenti, dopo aver vissuto quasi un secolo e mezzo e aver veduto tante meraviglie? Senza il mio liquore che cosa saresti, tu, a quest'ora? Un pizzico di cenere senza nemmeno un pezzetto d'osso.

— Hai ragione, Toby — rispose Brandok, sforzandosi di sorridere. — Su centinaia e centinaia di milioni di persone scomparse nel gran baratro della morte, noi soli siamo sopravvissuti ed ho il coraggio di lamentarmi!

— Contentati dunque di vivere un'ora, o un mese, e non pensare ad altro. Checchè debba succedere, nessun altro mortale avrà avuto tanta fortuna. Guardati invece dalle onde.

Insidiano la nostra vita.

E la insidiavano davvero. Mai l'Atlantico aveva avuto un simile scatto di collera in cinquant'anni, o forse cento. Brandok, che nella sua gioventù l'aveva attraversato già tante volte, mai l'aveva visto così.

Ma era soprattutto l'estrema tensione elettrica che colpiva i due americani. I lampi avevano una durata straordinaria, di cinque e perfino dieci minuti, e le folgori cadevano a dozzine alla volta. Brandok, forse più nervoso di Toby, sussultava come se ricevesse delle vere scariche elettriche, e quando si passava una mano sulla testa, i suoi capelli, quantunque bagnati, crepitavano e sprigionavano delle vere scintille.

La città galleggiante intanto continuava ad andare attraverso alle onde come un semplice guscio di noce. Non era già una nave: si poteva considerare un immenso rottame in balìa dei furori dell'oceano.

Tutta la notte, e anche il giorno seguente, l'enorme massa incessantemente travolta dai cavalloni errò sull'Atlantico, senza che i naufraghi nulla potessero tentare per darle una direzione.

Durante tutto quel tempo i forzati, probabilmente molto impressionati dai fragori delle onde, dal rombare incessante dei tuoni e dai soprassalti disordinati della loro città, si erano mantenuti tranquilli.

Inoltre il freddo intenso che regnava laggiù doveva aver calmati i loro furori. Mai ghiacciaia era stata così fredda di certo, poichè i cristalli di ghiaccio avevano avvolto perfino i cadaveri, arrestandone la putrefazione.

Al mattino del secondo giorno, il capitano, che stava sempre di guardia col pilota, resistendo tenacemente al sonno, mandò un grido.

— Tenerife!

I tre americani, Jao ed il giovine galeotto che sonnecchiavano legati solidamente alle traverse d'acciaio per non venire portati via dai cavalloni che l'Atlantico scagliava senza tregua contro la cupola, udendo quel grido, si erano alzati a sedere.

Cominciava ad albeggiare allora; era però un'alba grigiastra, di triste aspetto, non permettendo le tempestose nubi che la luce si diffondesse liberamente.

Verso levante, ad una grande altezza, una colonna di fuoco s'alzava, oscillando in tutte le direzioni e forando il cielo.

— Erutta ancora la gigantesca montagna? — chiese Brandok.

— Sembra che si sia risvegliata — rispose il capitano.

— Ci spinge verso quelle isole il vento?

— Purtroppo — rispose il capitano.

— Che dopo i forzati dobbiamo aver a che fare colle belve feroci?

— Non tutte le isole sono popolate di leoni, di tigri, di pantere, di giaguari, di leopardi eccetera, signore. Ve ne sono molte che servono d'asilo sicuro ad animali inoffensivi o quasi, come i bisonti, gli ultimi campioni del vostro paese, struzzi, giraffe, gazzelle, cervi, daini e tanti altri che non saprei nominarvi. Se le onde ci spingeranno verso una di queste ultime, non avremo nulla da temere, anzi avremo da guadagnare degli arrosti squisiti.

Disgraziatamente mi pare che le onde ci caccino verso Tenerife.

— Mi fate venire la pelle d'oca, capitano.

— Ci rifugeremo in fondo alla città.

— E allora i forzati ci faranno a pezzi.

— Ah! diavolo! Non avevo pensato che abbiamo un vulcano anche sotto i nostri piedi — disse il capitano del *Centauro*. — Non siamo però ancora a terra e non sappiamo ancora dove queste onde capricciose manderanno a sfracellarsi questa immensa cassa di metallo.

— Temete che si sfasci? — chiese Toby.

— Le spiagge di quelle isole sono quasi dovunque tagliate a picco e non vi saprei dire, signore, in quale stato noi potremo approdare. Troppo buono no, di certo. Troveremo là dei flutti di fondo che scaraventeranno la città galleggiante chi sa mai dove! Qualunque cosa succeda, vi consiglio di non abbandonare un solo istante le traverse della cupola: chi si lascerà strappare dai cavalloni verrà indubbiamente sfracellato. Occhio a tutto, e tenetevi bene stretti!

La città galleggiante, infatti, veniva spinta verso l'antico possedimento spagnolo che i furori dell'immensa montagna avevano ormai resi inabitabili.

L'enorme cono, quasi volesse fare un degno accompagnamento alla rabbia dell'Atlantico, eruttava con gran lena, coprendosi tutto di fuoco.

Lungo i suoi fianchi scoscesi, veri fiumi di lava scendevano, facendo avvampare le foreste.

Bombe colossali uscivano dal suo cratere fiammeggiante e, dopo aver attraversate le nubi, ricadevano descrivendo delle arcate superbe, lasciandosi dietro getti di fuoco e si spaccavano, scoppiando.

Boati spaventevoli, che soffocavano talvolta il rombare dei tuoni, uscivano dalla gola fiammeggiante del vulcano.

— Chi avrebbe detto che quel colosso si sarebbe un giorno ridestato, e per due volte di seguito? — mormorò

Toby. — Ciò indica che la terra non ha ancora incominciato il suo raffreddamento.

La città galleggiante continuava intanto ad avanzare, passando fra il vastissimo canale della Grande Canaria e l'isola di Puerto Ventura, col grave pericolo di urtare contro le innumerevoli scogliere che erano sorte dopo l'ultima eruzione del Tenerifa.

Poichè le onde eran diventate meno tumultuose, opponendo le due isole, due barriere insormontabili ai furori dell'Atlantico, il capitano ed i suoi compagni si erano alzati.

Una luce intensa, rossa come quella dell'aurora boreale, scendeva dall'immenso cono, tingendo le acque di riflessi sanguigni.

Lo spettacolo era sublime ed insieme spaventevole.

Vortici di fumo, pure rossastro, ma che di quando in quando avevano dei bagliori sinistri, lividi, come se masse di zolfo ardessero entro il cratere, si stendevano al di sotto delle tempestose nubi, turbinando sulle ali del vento. Le bombe continuavano a grandinare, con un fragore di tuono, schiantando ed incendiando le antichissime selve, mentre i torrenti di lava dilagavano come un mare di fuoco.

— Ho veduto una volta il Vesuvio — disse Brandok. — Quello però era un giocattolo in confronto a questo titano.

La città galleggiante, sempre sospinta dalle onde, era entrata nella zona illuminata. Pareva che navigasse su un mare incandescente.

I vetri della cupola, riflettendo i bagliori del vulcano, proiettavano fino in fondo alla città una luce così intensa da far impallidire quella delle lampade a radium.

I forzati, che non potevano indovinare di che cosa si trattasse, urlavano spaventosamente, senza che nessuno si occupasse di spiegare loro da dove provenivano quei bagliori intensi.

Era troppa l'ansia, o meglio l'angoscia, che si era impadronita del capitano e dei suoi compagni, per pensare a quelli che gelavano entro la gigantesca massa d'acciaio.

L'urto stava per accadere.

Tenerife non era che a poche gomene, ed i cavalloni continuavano a sospingere la città galleggiante con grande impeto. Avrebbe resistito o si sarebbe sfasciata? Era quella la domanda che tormentava tutti, senza trovare una risposta.

Erano allora le due del mattino.

Il vulcano avvampava e tuonava sempre con crescente furore. Pareva che tutta l'isola ardesse.

I tre americani, il capitano, il pilota ed i due forzati si erano sdraiati sulla cupola, tenendosi stretti alle traverse.

Le onde, che si rovesciavano attraverso il canale, non cessavano di muovere all'assalto di quel colossale ostacolo che impediva loro di stendersi liberamente.

Giungevano una dietro l'altra, a brevissimi intervalli, sollevando dei formidabili flutti di fondo.

D'improvviso la città galleggiante si sollevò per parecchi metri, con un rombo assordante, poi si rovesciò su un fianco, adagiandosi verso la spiaggia che era improvvisamente comparsa dopo l'ultimo colpo di mare.

Una parte della cupola si spezzò con immenso fragore, rovinando nell'interno della città con Jao ed il giovine forzato che si trovavano disgraziatamente da quella parte.

I tre americani, il capitano ed il pilota, più fortunati, erano riusciti a balzare a terra in tempo, arrampicandosi velocemente su per la spiaggia dirupata, prima che l'ondata di fondo ritornasse all'assalto.

Il mare in quel luogo offriva uno spettacolo orribile.

I cavalloni, arrestati bruscamente nella loro corsa impetuosissima, montavano all'assalto dell'isola con un frastuono spaventevole.

Immani colonne di spuma si rovesciavano, col fragore del tuono, contro le rocce, sgretolandole, polverizzandole.

La città galleggiante, urtata da tutte le parti, cozzava e tornava a cozzare contro la costa.

L'enorme cassa di metallo, che per lunghi anni, sullo scoglio a cui era stata avvinta, aveva sfidato impunemente le rabbie dell'Atlantico, a poco a poco si sfasciava. Dall'interno s'alzavano urla orribili.

I forzati, vedendo l'acqua rovesciarsi attraverso la cupola seminfranta, scappavano da tutte le parti, per non morire annegati dal formidabile assalto delle onde.

— Sono perduti! — disse il capitano, che si teneva aggrappato ad una roccia, a fianco di Brandok.

— Lo credete? — chiese questi con voce commossa.

— Nessuna costruzione umana può resistere a simili cozzi. Fra mezz'ora, e forse meno, le pareti metalliche si apriranno e nessuno di quei disgraziati si salverà.

— Non possiamo tentare nulla per strapparli alla morte? — chiese Toby, che si trovava dall'altro lato del capitano.

— Che cosa vorreste fare? Se scendiamo, le onde ci porteranno via senza che possiamo recare nessun aiuto agli abitanti della povera città!

— Mi si spezza il cuore nel vederli morire tutti, in quel modo.

— Supponete di assistere al naufragio d'un bastimento. L'oceano vuole di quando in quando le sue vittime.

— Ed a noi quale sorte sarà riserbata? — chiese Brandok.

— Non lieta di certo, se non giunge in nostro soccorso qualche nave — rispose il capitano.

193

— Domani ci troveremo fra i leoni, le tigri, i leopardi, i giaguari, e non so come ce la caveremo, signori miei, perchè è appunto su quest'isola che hanno radunate tutte le belve feroci capaci di difendersi da sole e quindi in grado di conservare la loro razza.

— E non avete che la vostra rivoltella!

— Nient'altro, signore.

— Corriamo dunque il pericolo di terminare il nostro viaggio nel ventre di questi ferocissimi e sanguinari abitanti.

— Purtroppo.

— Non avremo da rimpiangere la sorte toccata agli abitanti della città sottomarina.

— Potremmo forse invidiarla — rispose il capitano.

Intanto l'enorme cassa d'acciaio, spinta e risospinta dalle onde che non cessavano d'investirla, continuava a urtare, con un fragore infernale, contro le rocce della costa ed a piegarsi.

Le grosse vetrate si spezzavano e l'acqua precipitava come una fiumana nell'interno.

Le grida dei disgraziati che annegavano nel fondo, senza potersi sottrarre in modo alcuno alla morte, a poco a poco diventavano più rade e più fioche, mentre invece il vulcano rombava e tuonava formidabilmente gareggiando coi fragori della tempesta.

Ad un tratto la città fu bruscamente sollevata da un cavallone mostruoso e completamente rovesciata.

Il suo fondo, coperto di alghe e d'incrostazioni marine, apparve per un momento in aria, poi la massa intera fu inghiottita e scomparve sotto le onde coi suoi morti ed i suoi vivi, se ve n'erano ancora.

— È finita — disse il capitano, che per la prima volta apparve un po' commosso. — D'altronde, anche se fossero sfuggiti per ora alla morte, non si sarebbero salvati più tardi dalle vendette della società. Una buona bomba di *silurite* lasciata cadere da qualche vascello aereo, li avrebbe egualmente affondati per punirli della loro ribellione.

— Che cos'è questa *silurite*? — disse Toby.

— Un esplosivo potentissimo, inventato di recente, che vi polverizza una casa di venti piani, come se fosse un semplice castello di carta — rispose il capitano. — Signori, vedo ergersi sopra di noi una roccia che mi pare sia tagliata quasi a picco. Volete un buon consiglio? Affrettiamoci a raggiungerla prima che sorga l'alba.

— Anche qui non corriamo alcun pericolo — osservò Brandok. — Le onde non giungono fino a noi.

— Potrebbero però giungere le belve, caro signore — rispose il capitano. — La scalata a questo scoglio non sarà troppo difficile per una pantera o per un leopardo. Seguitemi, o più tardi ve ne pentirete.

Nessuno, fuorchè il capitano cui nulla sfuggiva, aveva prima di allora notato che un po' più indietro s'innalzava un piccolo scoglio, di forma piramidale, che aveva i fianchi quasi tagliati a picco e che poteva diventare un ottimo rifugio contro gli assalti delle innumerevoli belve che popolavano la vasta isola.

I tre americani, comprendendo che la loro salvezza stava lassù, quantunque si reggessero appena in piedi, dopo tante veglie alle quali non erano abituati, seguirono il capitano ed il pilota.

La luce intensa, proiettata dal fiammeggiante vulcano, permetteva di scegliere la parte meno difficile per dare la scalata al piccolo cono.

Le pareti però erano così lisce che il capitano cominciava a dubitare molto di poter raggiungere la cima, quando scoperse una specie di canale piuttosto ristretto, coi margini coperti di sterpi, che saliva rapidissimo, ma che tuttavia poteva servire.

— Coraggio, signori — disse, vedendo che i tre americani non ne potevano proprio più. — Un ultimo sforzo ancora: quando sarete lassù potrete riposarvi tranquillamente.

Aggrappandosi agli sterpi ed aiutandosi l'un l'altro, dopo venti minuti riuscirono a raggiungere la cima del cono, il quale era tronco.

La piattaforma superiore era piccolissima, però poteva bastare per cinque uomini.

— Se avete sonno, dormite — disse il capitano. — C'incaricheremo noi di vegliare. Fino allo spuntare del sole non correremo nessun pericolo. Le belve sono troppo spaventate dall'eruzione per pensare ora a noi. Questa notte non lasceranno i loro covi.

— Ne ho bisogno — disse Brandok, che era diventato pallidissimo come se quel supremo sforzo lo avesse completamente accasciato. — Io non so che cosa mi prenda: le mie membra tremano tutte ed i miei muscoli sussultano come se ricevessero delle continue scosse elettriche. È la seconda volta che mi succede questo.

— Ed io provo i medesimi effetti — disse Toby, lasciandosi cadere al suolo come corpo morto.

— Una buona dormita vi calmerà — disse il capitano. — Voi avete provate troppe emozioni in così pochi giorni.

Il dottore scosse la testa, e guardò Brandok che sussultava come se avesse qualche pila dentro il corpo.

— Questa intensa elettricità, che ormai ha saturato tutta l'aria del globo e alla quale noi non siamo abituati, temo che ci sia fatale, — mormorò poi. — Noi siamo uomini d'altri tempi.

Nonostante i fragori del mare, i ruggiti del vento ed i boati formidabili del vulcano, i tre americani avevano chiusi gli occhi, addormentandosi quasi di colpo. Erano già tre notti che non dormivano più e solo il capitano ed il suo pilota, abituati alle lunghe veglie, potevano ancora resistere a quella lunga prova.

196

Quel sonno benefico durò fino alle otto del mattino e forse chissà quanto sarebbe durato, se il capitano non li avesse svegliati con delle vigorose e replicate scosse.

L'uragano era cessato ed il sole, già alto, lanciava i suoi ardenti raggi sulla verdeggiante isola che un tempo era stata una delle più splendide perle dell'Atlantico.

In mezzo a quella terra ubertosa, ricca delle più splendide piante dei tropici, campeggiava, immenso gigante, il vulcano, dal cui cratere uscivano ancora immense lingue di fuoco e nuvoloni fittissimi di fumo che oscuravano il cielo.

Tutte le foreste della montagna ardevano, contorcendosi sotto le strette delle lave che scendevano giù senza posa.

Tutte le pianure che si estendevano fino sulle rive del mare, con leggere ondulazioni, erano coperte da superbe foreste di palme, di cocchi e di banani.

Nessuna casa però, nessun pezzo di terra coltivato: cittadelle e villaggi erano scomparsi sotto quella vigorosa vegetazione.

— È questo l'impero delle belve feroci? — chiese Brandok, che si era un po' rimesso dai suoi sussulti nervosi.

— Sì, signore — rispose il capitano.

— Io non le vedo però quelle terribili bestie.

— Non desiderate di vederle, signore. Oh, non tarderanno a giungere.

— Avete ragione, capitano, — disse il pilota — non tarderanno. Eccone laggiù alcune che fanno capolino fra i cespugli che circondano la roccia. Ci hanno già fiutati e si preparano a riempirsi il ventre colle nostre carni. Là, guardate!

Il capitano ed i tre americani seguirono cogli sguardi la direzione che il pilota indicava col braccio e non poterono trattenere un brivido di terrore.

Trenta o quaranta animali dal pelame fulvo e dalle folte criniere nerastre, s'aprivano il passo attraverso i cespugli, avvicinandosi alla roccia, che serviva da contrafforte al cono.

— È un branco di leoni! — esclamò il capitano. — Ecco dei brutti vicini che ci faranno passare un terribile quarto d'ora.

— Potranno giungere fino a noi? — chiesero Toby e Holker, che erano ben più spaventati di Brandok.

— Potrebbero tentare l'assalto dalla parte della fenditura — rispose il capitano.

— Fortunatamente il passaggio è stretto e non potranno presentarsi più d'uno per volta.

— Avete abbastanza palle per arrestarli? — chiese Brandok.

— Per sei rispondo io; in quanto agli altri... Ah! Fate raccolta di sassi, di macigni, di tutto ciò che può servire come proiettile. Ve ne sono nel canalone. Presto, signori! Non vi è tempo da perdere!

I cinque uomini si erano lasciati scivolare attraverso la spaccatura, dove vi erano non pochi macigni, staccati dalle rocce dagli acquazzoni.

Con uno sforzo supremo ne trassero parecchi sulla piccola piattaforma, allineandoli di fronte all'imboccatura del crepaccio.

Avevano appena terminata la raccolta, quando i leoni, già abbastanza stanchi di guardare i cinque uomini da lontano, si mossero salendo la roccia.

Ruggivano spaventosamente e mostravano i loro denti aguzzi, mentre le loro criniere s'alzavano.

Un grosso maschio, di statura imponente, dopo aver lanciato un ruggito formidabile che parve un colpo di tuono, superato il contrafforte, si cacciò nel canalone, piantando le unghie nelle fenditure della roccia.

— Risparmiamo, finchè si può, le munizioni — disse il capitano. — Aiutatemi a lanciare questa bomba, signori!

Incanalarono un masso del peso d'una quarantina di chilogrammi che poco prima avevano issato non senza fatica, fino alla piattaforma e attesero il momento opportuno per scaraventarlo.

Il leone insospettito da quella manovra, si era fermato; ma poi, spinto dalla fame ed incoraggiato dai ruggiti dei suoi compagni, ricominciò ad arrampicarsi. Il capitano, che teneva pronta anche la rivoltella elettrica, attese che si fosse spinto bene innanzi, poi gridò: — Gettate!... .

La pietra, violentemente spinta innanzi, rotolò giù per la spaccatura con rapidità fulminea e piombò addosso alla belva, la quale in quel momento si trovava in una strettoia.

Colpita alla testa da quel proiettile di nuovo genere stramazzò fulminata, ostruendo col suo corpo il passaggio.

Non era però un ostacolo sufficiente per quei saltatori che non s'arrestano nemmeno dinanzi ad una palizzata alta tre o quattro metri.

Un altro leone, che si era subito dopo cacciato nella spaccatura senza essere veduto dagli assediati, troppo occupati a sorvegliare le mosse del primo, annunciò la sua presenza con un formidabile ruggito. Balzare sopra il corpo del compagno e precipitarsi all'assalto fu cosa d'un sol momento.

Mancava il tempo ai difensori della collinetta di scagliare un nuovo masso.

Fortunatamente il capitano aveva la rivoltella.

Si udì un leggero sibilo e anche la seconda fiera cadde con una palla nel cervello.

— Bravo, capitano! — gridò Brandok.

Gli altri leoni, resi più prudenti, si erano fermati; poi si erano messi a girare e rigirare intorno al cono, empiendo l'aria di ruggiti. Intanto sul margine della foresta altri animali erano comparsi. Vi erano delle tigri, dei leopardi e dei giaguari e, cosa strana, pareva che fossero in buone relazioni, poichè non si assalivano reciprocamente, come forse avrebbero fatto se si fossero trovati nelle loro selve natie.

Probabilmente il continuo contatto li aveva persuasi a rispettarsi reciprocamente, conoscendosi quasi d'eguale forza. È certo però che non dovevano rispettare quelli più deboli, per non morire di fame.

— La nostra situazione minaccia di diventare disperata — disse il capitano. — Quand'anche riuscissimo a distruggere i leoni, ecco là altri animali, non meno pericolosi, pronti a surrogarli. Vi avevo detto, signori, che avremmo rimpianto la fine dei forzati. Era meglio morire annegati, piuttosto che provare gli artigli ed i denti di queste belve. L'oceano ci ha risparmiati per condannarci ad una fine più miseranda. Poteva inghiottirci. Che cosa ne dici tu, pilota?

Il marinaio non rispose. Con una mano tesa dinanzi agli occhi guardava in alto, con una fissità intensa.

— Ebbene, pilota, sei diventato muto? — chiese il capitano.

Un grido sfuggì in quello stesso momento dalle labbra del marinaio.

— Un punto nero nello spazio!

— Un vascello aereo? — chiese il capitano, facendo un salto.

— Non so, comandante, se sia un grosso volatile o qualche soccorso che ci giunge in buon punto.

— Guardate bene, mentre io tengo d'occhio i leoni.

Brandok ed i suoi compagni si erano pure voltati, guardando in aria.

Un punto nero, un po' allungato, che non si poteva confondere con un uccello, aquila o condor, e che s'ingrossava con fantastica rapidità, fendeva lo spazio ad un'altezza straordinaria, come se volesse passare sopra l'immensa colonna di fuoco e di fumo che irrompeva dal cratere del Pico de Teyde.

— Sì! Un vascello! Un vascello! — urlarono tutti.

— Ecco la salvezza che giunge in buon punto — rispose il capitano, sparando su un terzo leone che si era deciso a muovere all'attacco.

Il vascello volante scomparve per qualche istante fra i turbini di fumo, poi ricomparve abbassandosi rapidamente. Aveva puntata la prora verso il piccolo cono e si avanzava coll'impeto di un condor.

— Ci hanno scorti e si dirigono verso di noi! — gridò il pilota. — Tenete duro alcuni istanti ancora, comandante!

I leoni, come se si fossero accorti che le prede umane stavano per sfuggire loro, tornavano all'assalto, mentre parecchie tigri e parecchi giaguari sbucavano attraverso i cespugli per prendere parte anche essi al banchetto umano.

Il capitano, vedendo un'altra belva incanalarsi nella spaccatura, non esitò a consumare un'altra palla ed essendo un valente tiratore, anche questa volta non mancò il bersaglio.

— E tre — disse. — Ve ne sono però ancora quindici o sedici senza contare tutte le altre bestie, che pare siano ansiose di assaggiare un po' di carne umana. D'altronde non hanno torto.

Sono molti anni di certo che non gustano di questi piatti.

Un quarto leone, dopo aver mandato un ruggito spaventevole, si scagliò pure attraverso la spaccatura, balzando sopra i cadaveri dei compagni, ma non ebbe miglior fortuna.

I naufraghi della città sottomarina, sicuri ormai di venire raccolti dal vascello volante, il quale ingigantiva di momento in momento, avevano cominciato a far rotolare i massi raccolti, scagliandoli in tutte le direzioni, per arrestare non solo lo slancio dei leoni, bensì anche quello degli altri animali.

Quella grandine di massi ebbe maggior successo che i colpi di rivoltella del capitano.

Le belve, spaventate, avevano cominciato a indietreggiare, spiccando salti giganteschi, per non farsi fracassare le costole.

— Coraggio, signori! — gridava il capitano, il quale di quando in quando sparava qualche colpo di rivoltella.

— Ricacciamo queste canaglie affamate nella boscaglia.

E la tempesta di massi e di ciottoli continuava furiosa, specialmente entro il canalone dove cercavano d'insinuarsi le fiere, essendo quello l'unico punto vulnerabile del piccolo cono.

Quella lotta disperata continuava da parecchi minuti quando una voce sonora ed insieme imperiosa, cadde dall'alto.

— Tutti a terra!

Il capitano aveva alzati gli occhi. Il vascello aereo, una bella nave tutta dipinta di grigio, fornita d'immense eliche, stava quasi sopra di loro.

— Obbedite! — gridò.

Tutti si erano affrettati a sdraiarsi senza chiedere nessuna spiegazione.

Un momento dopo una palla rossastra, non più grossa di un arancio, cadeva all'estremità del canalone, dove leoni, tigri e giaguari, in pieno accordo, si erano radunati per tentare un ultimo e più formidabile assalto del cono.

Si udì uno scoppio terribile che fece tremare le rupi e che sollevò una immensa nuvola di polvere.

Era una piccola bomba di quella terribile materia esplosiva che il capitano del *Centauro* aveva chiamata *silurite*, che era esplosa in mezzo alle belve.

— Alzatevi, signori! — gridò la voce di prima. — Ormai non vi sono più belve intorno a voi.

Brandok fu il primo a balzare in piedi.

Gli effetti prodotti da quella minuscola bomba erano spaventevoli.

Metà della roccia che serviva di contrafforte al cono era saltata e degli animali non si scorgeva più alcuna traccia. Il potente esplosivo aveva polverizzato tigri, leoni e giaguari.

— Come sarebbe possibile una guerra con simili bombe? — mormorò l'americano. — Dieci vascelli volanti basterebbero per distruggere, in dieci minuti, la più gigantesca città del mondo.

Il vascello si abbassava dolcemente, mentre il suo equipaggio lanciava una scala di corda.

Il capitano del *Centauro* fu il primo ad afferrarla ed a spingersi in alto, dove un uomo barbuto e molto tarchiato lo aspettava sorridendo, colle braccia aperte.

— Tompson! — esclamò il capitano del *Centauro*, quand'ebbe scavalcata la murata.

— Firsen! — esclamò l'altro, dandogli una buona stretta di mano, all'inglese. — Ti cercavo da una settimana.

— Tu!

— La notizia che dei furfanti si erano impadroniti della tua nave è giunta in Inghilterra ed in Francia. Sai che avevano osato assalire delle navi marittime?

— Chi?

— Quelli che t'avevano preso il *Centauro*.

— E che cosa è successo di loro?

— Sono stati affondati da me, con una mezza dozzina di bombette alla *silurite*, a duecento miglia dallo Stretto di Gibilterra.

— E la mia nave è saltata insieme a loro?

— Non volevano arrendersi.

— Bah! Il governo inglese mi ricompenserà — disse il capitano del *Centauro*, alzando le spalle.

— Preferisco che riposi in fondo all'Atlantico, piuttosto che abbia a diventare una nave pirata. Chiedo ospitalità per me e per questi signori che mi accompagnano. Dove vai?

— In Francia.

— Benissimo: è sempre un bel paese quello.

Brandok, Toby, Holker ed il pilota erano pure saliti sulla nave. Il primo però, appena messi i piedi sul ponte, fu preso da un tremito così intenso, che per poco non cadde addosso a Holker.

— Che cosa avete, signore? — chiese il capitano del *Centauro*.

Brandok non rispose subito. Era trasfigurato e pallidissimo.

I suoi occhi, assai dilatati, pareva che gli schizzassero dalle orbite, ed i muscoli del suo viso sussultavano in modo strano.

— Che cosa avete dunque, signore? — ripetè il capitano.

— Questo vascello va elettricamente, è vero? — chiese finalmente l'americano, con una voce così alterata da far stupire tutti.

— Sì, signore.

— Ora comprendo... Toby!

Il dottore non diede alcuna risposta. Egli era fermo in mezzo al ponte della nave, e fissava una grossa lampada a radium con uno sguardo vitreo, simile a quello che si scorge negli ipnotizzati.

Anch'egli era estremamente pallido e tremava come se subisse di quando in quando delle scosse elettriche.

— Che cosa hanno questi signori? — chiese Tompson.

— Non lo so — rispose il capitano del *Centauro* che pareva vivamente impressionato. — È già la seconda o la terza volta che li vedo tremare così.

— Chi sono?

— Dei signori americani che fanno il giro del mondo.

— In quel momento Holker si avvicinò a loro.

— I miei amici non sono abituati all'intenso sviluppo di elettricità che regna su queste navi disse ai due capitani. — Fateli trasportare nelle loro cabine e cerchiamo di raggiungere la terra ferma al più presto. Vi offro mille dollari se domani giungeremo a Lisbona.

— Forzeremo le macchine — rispose Tompson.

— E più che potrete — disse Holker, che appariva assai preoccupato.

S'avvicinò a Brandok che si era appoggiato alla murata di babordo, come se fosse incapace di starsene ritto senza un sostegno.

— Che cosa vi sentite, signor Brandok? — gli chiese con accento premuroso.

— Non so... — balbettò il giovine. — Provo un tremito strano ed un turbamento inesplicabile. Mi hanno colto appena ho messo i piedi su questo vascello. Si direbbe che il mio cervello riceva delle continue scosse. Quand'ero sul cono, invece, provavo un benessere straordinario.

— È la grande tensione elettrica che regna qui che vi produce quegli effetti, signor Brandok.

Quando saremo a terra il vostro tremito passerà.

Il giovine scosse il capo con un atto di scoramento, poi disse con un soffio di voce: — Io e Toby siamo uomini d'altri tempi.

Quattro robusti marinai presero il giovane americano e Toby sotto le ascelle e li portarono nelle cabine di poppa, adagiandoli su dei comodi lettucci.

— Temo che questi uomini siano perduti — mormorò Holker. — Ai loro tempi l'elettricità non aveva ancora preso un così immenso sviluppo. Che cosa accadrà di loro? Io comincio ad aver paura.

Il giorno dopo, prima del mezzodì, il vascello volante imboccava il Tago ed entrava a tutta velocità nella capitale del Portogallo.

Brandok e Toby si erano a poco a poco tranquillizzati, però non parevano più i due allegri amici di prima. Sembrava che una profonda preoccupazione turbasse i loro cervelli, ed alla più piccola emozione il tremito ed i sussulti dei muscoli li riprendevano.

Il signor Holker che cominciava a spaventarsi, li fece condurre alla stazione dove aveva già noleggiato uno scompartimento speciale.

Venticinque minuti dopo i carrozzoni partivano entro il tubo della linea sotterranea, con una velocità di 200 km. all'ora.

La traversata della Spagna si compì in sei ore senza scendere in alcuna stazione. Holker che vedeva i suoi compagni aggravarsi sempre più, aveva fretta di giungere nella capitale francese per consultare uno di quegli scienziati, sulla malattia che li aveva colpiti e che poteva forse avere altra origine.

Al mattino del giorno appresso scendevano, alla stazione della capitale francese, raddoppiata ormai per superficie e per popolazione in quei cento anni, e diventata una delle città più industriali del mondo.

L'aria della grande capitale, satura di elettricità a causa del numero infinito delle sue macchine elettriche non fece che aggravare le condizioni di Toby e Brandok.

Furono condotti in un albergo in preda al delirio.

Il signor Holker, sempre più spaventato, fece chiamare subito uno dei più noti medici a cui raccontò ciò che era toccato ai suoi disgraziati amici, non dimenticando d'informarlo della loro miracolosa risurrezione.

La risposta che ne ebbe fu terribile.

— Quantunque io stenti a credere che questi uomini abbiano trovato il segreto di poter dormire un secolo intero, — disse il medico — nè io, nè altri potranno salvarli. Sia l'elettricità intensa a cui non erano abituati o l'emozione prodotta dalle nostre meravigliose opere, il loro cervello ha subito una scossa tale da non guarire mai più. Conduceteli fra le montagne dell'Alvernia, nel sanatorio del mio amico Bandin. Chissà! Forse l'aria vivificante di quelle vette potrebbe operare un miracolo.

Lo stesso giorno, il signor Holker con due infermieri e i due pazzi saliva su un vascello volante noleggiato appositamente e partiva per l'Alvernia.

Un mese più tardi egli riprendeva solo e triste la ferrovia di Parigi per far ritorno in America. Ormai aveva perduta ogni speranza.

Brandok e Toby erano stati dichiarati pazzi, e per di più pazzi inguaribili.

— Tanto valeva che non si fossero risvegliati dal loro sonno secolare — mormorò il signor Holker con un lungo sospiro, prendendo posto nello scompartimento del carrozzone. — Io ora mi domando se aumentando la tensione elettrica, l'umanità intera, in un tempo più o meno lontano, non finirà per impazzire. Ecco un grande problema che dovrebbe preoccupare le menti dei nostri scienziati.

Made in the USA
Middletown, DE
22 April 2022

64624734R00115